莫言作品

我们的荆轲

Our Jing Ke

浙江出版联合集团
浙江文艺出版社

我們的荊棘

莫言

莫言2012年诺贝尔文学奖获奖证书

诺贝尔奖晚宴致辞（原稿）

尊敬的国王陛下、王后陛下，女士们，先生们：

我，一个来自遥远的中国山东高密东北乡的农民的儿子，站在这个举世瞩目的殿堂上，领取了诺贝尔文学奖，这很像一个童话，但却是不容置疑的现实。

获奖后一个多月的经历，使我认识到了诺贝尔文学奖巨大的影响和不可撼动的尊严。我一直在冷眼旁观着这段时间里发生的一切，这是千载难逢的认识人世的机会，更是一个认清自我的机会。

我深知世界上有许多作家有资格甚至比我更有资格获得这个奖项；我相信，只要他们坚持写下去，只要他们相信文学是人的光荣也是上帝赋予人的权利，那么，"他必将华冠加在你头上，把荣冕交给你。"（《圣经·箴言·第四章》）

我深知，文学对世界上的政治纷争、经济危机影响甚微，但文学对人的影响却是源远流长。有文学时也许我们认识不到它的重要，但如果没有文学，人的生活便会粗鄙野蛮。因此，我为自己的职业感到光荣也感到沉重。

借此机会，我要向坚定地坚持自己信念的瑞典学院院士们表示崇高的敬意，我相信，除了文学，没有任何能够打动你们的理由。

莫言2012年诺贝尔奖晚宴致辞（原稿片段）

萧萧易水寒，世事真迢递。别难胜聚高谈，溅光闪看。古来刺客几人还。大侠何曾远，战鼓频催马不前。败残了人十年巧弹，广陵散后断琴弦。仿南乡子曲牌聚述话剧《我们的荆轲》意也日 丁酉秋 真言

作者题词

题《我们的荆轲》

萧萧易水寒,世事莫过送别难。
纵酒高歌泪光闪,看看,古来刺客几人还。
大侠何留连,战鼓频催马不前。
欲践高人十年约,弹弹,广陵散后断琴弦。

仿南乡子词牌略述话剧《我们的荆轲》意旨

丁酉秋 莫言

晚霞如火雁鸣秋,英雄末路恨难休。非是大王不善战,实因小刘太滑头,鸿门宴上起善念,乌江岸畔动乡愁。崩地裂牡丹花,美人骏马亦风流。

打油诗解读话剧《霸王别姬》

丁酉初秋、莫言

作者题诗

题《霸王别姬》

晚霞如火雁鸣秋,英雄末路恨难休。
非是大王不善战,实因小刘太滑头。
鸿门宴上起慈念,乌江水畔动乡愁。
山崩地裂壮士死,美人骏马亦风流。

打油诗解读话剧《霸王别姬》

丁酉初秋　莫言

这个故事，不新奇，知青插队症后遗。爱情原本如绿植，环境移，是死是活难预期。人生一世不容易，谁见举案与眉齐。感情用事害自己，长叹息，活着就是硬道理。仿渔家傲词牌述话剧"锅炉工的妻子"主旨　丁酉秋莫言

作者题词

题《锅炉工的妻子》

这个故事不新奇,知青插队症后遗。
爱情原本如绿植,环境移,是死是活难预期。
人生一世不容易,谁见举案与眉齐?
感情用事害自己。长叹息,活着就是硬道理。

仿渔家傲词牌述话剧《锅炉工的妻子》主旨

丁酉秋 莫言

目录

1　　**我们的荆轲**

97　　**霸王别姬**

169　　**锅炉工的妻子**

203　　**附录**

205　　在话剧《我们的荆轲》剧组成立新闻发布会上的发言

208　　"我就是荆轲!"

218 文学没有"真理",没有过时之说
227 我们的荆轲,以何种面容出现
244 历史不过是些钉子
255 《霸王别姬》只设矛盾,不给答案

我们的荆轲

(十节话剧)

剧 中 人 物

荆轲——侠士,三十余岁。

高渐离——侠士,善击筑,四十余岁。

秦舞阳——侠士,二十余岁。

狗屠——四十余岁。

田光——侠士,七十余岁。

太子——燕国太子丹。

燕姬——太子宠姬,二十余岁。

樊於期——秦国叛将,四十余岁。

秦王——三十余岁。

秦宫侍卫数人。

太子丹随从数人。

第一节　成义

[屠狗坊中。

[墙上悬挂着几张狗皮,地上铺着一片草席,席中有一矮几。高渐离和秦舞阳席地而坐(其姿势是双膝着地,臀部压在小腿上)。高渐离击筑(似琴有弦,以竹击之),曲声激越。

[舞台一侧摆着一张粗陋的条案,狗屠立在案后,手持大刀,剁着狗肉。

秦舞阳　(用现代时髦青年腔调)这里是什么地方？首都剧场？否！两千三百多年前,这里是燕国的都城。

狗屠　(停止剁肉,用现代人腔调)你应该说,两千三百多年前,这里是燕国都城里最有名的一家屠狗坊。

高渐离　(边击筑边用现代腔调唱着)"没有亲戚当大

官～～没有兄弟做大款～～没有哥们是大腕～～要想出名难上难～～咱只好醉生梦死度华年～～"

秦舞阳　我说老高,您就甭"醉生梦死度华年"了。打起精神来,好好演戏,这场戏演好了,没准您就出大名了。

高渐离　怎么,这就入戏了吗?

狗屠　入戏了!

　　　　〔台上人精神一振,进入了戏剧状态。

高渐离　荆轲呢?今天说好了要演练剑术的,他怎么还不来?

秦舞阳　没准是失眠症又犯了。

高渐离　可怜的荆兄,年纪轻轻的,竟然得了这病。

秦舞阳　我就弄不明白,人,怎么可能睡不着觉呢?

高渐离　谁像你那样有福啊,脑袋一挨枕头,随即鼾声如雷。

狗屠　他刚才托田光老爷子家那个小厮送信来,说要去拜访一个从齐国来的著名侠士孟孙,不能来了。

秦舞阳　他总是这样,每到一地,就提着小磨香油和绿豆粉丝去拜访名人。哪里有名人,哪里就有他的身影。我看他这失眠症啊,多半是想出名想出来的……

高渐离　兄弟,这样说话不厚道!出名之心,人皆有之嘛。(以左手之竹指着秦舞阳)你不想出名吗?(右手之竹指着狗屠)你不想出名吗?

秦舞阳　君子爱财,取之有道;侠士好名,也该成名有道吧?(装模作样地)人,总归还是要有点尊严的!

高渐离　你说的都对,但是,贤弟,侠士是人,荆轲兄也是人,是人就有弱点,不能求全而毁。你知道我最烦的是什么人吗?就是那种抢占了道德高地骂人的人。自己刚偷了一头牛,转回头来就骂偷鸡贼。

秦舞阳　(尴尬地)就是就是,你偷了一只鸡去骂偷牛贼还情有可原……

高渐离　偷鸡的就有资格骂偷牛的吗?偷鸡和偷牛有本质的区别吗?如果你偷鸡的时候,牛就在旁边拴着,你能保证不顺手牵牛吗?

秦舞阳　高先生,我是个粗人,经不住您绕圈儿。

高渐离　我是说,你可以批评一个侠客的剑术,而不应该去议论他的道德。

秦舞阳　那侠客的道德该由谁管?提着小磨香油和绿豆粉丝去巴结名人总是一件可笑的事吧?总是一件可憎的事吧?总是一件可耻的事吧?

高渐离　其实更是一件可怜的事。

狗屠　最近绿豆价格大涨,绿豆粉丝的价格也跟着暴涨。

秦舞阳　没你的事,别瞎掺和!

高渐离　侠客的道德问题,自然会有人管,即便是没人管,也自有神来管。至于我们,最好还是切磋武功,讨论剑术。

秦舞阳　他老兄的剑术还差那么一点火候。他去拜访赵国的盖大侠,谈书论剑,漏洞百出,盖大侠懒得开口,怒目视之,咱们的荆兄就灰溜溜地逃跑了。

高渐离　荆兄还是有过人之处的,要不田老爷子也不会赏识他。

秦舞阳　田老爷子,一个老糊涂嘛!他这一辈子,既没有为民除过暴,又没有替君锄过奸,更没为朋友插过刀,怎么就嗡隆出这般大的名声,俨然是一个侠士领袖?凡是想在燕京侠坛立腕扬名的,必须去拜他的码头。(按剑而跽——直腰,臀部离开小腿)被这样的老昏蛋赏识,还不如与他血战而死!

狗屠　看人家得宠眼热了吧?嫉妒了吧?荆轲是我们的朋友,他待你不薄,小秦。

秦舞阳　我不是眼热,更不是嫉妒,我是不服,我是愤世嫉俗！荆轲是我们的朋友,他被老爷子赏识,我们替他高兴,也为他可惜。没听人家说吗？"田氏门下,尽是鼠窃狗偷之徒。"即便他田光赏识我,我还不赏识他呢！我可不愿意与那些拍马溜须、沽名钓誉的家伙同流合污,我说的对不对,渐离兄？

高渐离 舞阳兄少年气盛,勇气逼人,即便不被老爷子赏识,出名也是早晚的事。

秦舞阳 这个浮肿虚胖、百病缠身的燕京,就是欺负外地人。你到俺们那地场去打听打听,提起"秦舞阳"这三个字,上到白发老翁,下到黄口小儿,哪个不知？谁人不晓？俺十三岁那年,为了解救一个被恶霸强占的少女,就手持宝剑,刺死狂徒,解救了少女,还给她的父母,成就了少年侠士之名……

狗屠 （以屠刀剁响案板）哎哎哎,秦舞阳,前天你说是十六岁时手刃狂徒,解救少女,怎么刚过去两天,就成了十三岁了？

秦舞阳 （语塞片刻）前天我说的是虚岁！

狗屠 你虚得多了一点吧？

秦舞阳 我们那地方就是这么个算法。

狗屠 你前天还说那少女的父母要把她许配给你做

妻室——

秦舞阳 俺秦舞阳当时虽然年少无知,但也还算是知书达理,怎么能乘人之危——

狗屠 这也算不上是乘人之危,这叫搂草打兔子——一举两得。

秦舞阳 你把俺看成了什么东西?施恩不图报,这是侠义之士的基本准则。俺秦舞阳要是娶那少女为妻,岂不成了一个放债渔利的小人?

狗屠 可我听人说你还是到那少女家去睡了三夜,然后不辞而别。

秦舞阳 (恼羞成怒,从席上跃起,拔剑)你这个污人清白的狗屠!我要和你决斗!

〔秦舞阳一剑劈去,狗屠用屠刀格住剑锋。

狗屠 就让俺用这剁肉的屠刀,试试你这侠士的剑锋。

高渐离 (跳起来,拔出宝剑,挑开二人的刀剑)君子动口不动手嘛,自家兄弟,何必刀剑相向?

〔秦舞阳悻悻地插剑入鞘,余怒未消地回到席上坐下。

高渐离 (对狗屠)您老兄的嘴巴也尖刻了些,说话要有分寸,批评要讲究技巧,舞阳兄弟少说了几岁,又有何妨?眼下这个社会,又有几个人的岁数是真的?

秦舞阳 秦舞阳十三岁仗剑杀人,在俺那地方是家喻户晓,人人皆知,不信你去调查!

狗屠 我吃饱了撑的?你即便说三岁就杀人,干我屁事?我只是听不惯这些虚谎之言。侠士路见不平,拔刀相助;君子耳闻谎言,当面揭穿。我当不了侠士,但要当个君子。

高渐离 屠兄,冲着您这番豪言壮语,您已经是个侠士。

狗屠 嗨,怎么一转眼之间,出来了这么多的义人、侠士?连我这个杀狗卖肉的,竟然也成了侠士?

高渐离 芝兰开放在深谷,大侠隐身于屠坊。此即所谓"英雄不问出身"也。

狗屠 我还是安心杀我的狗吧,要是我也成了侠士,背上一把破剑,满大街溜达,那你们连个吹牛喝酒的地方都没有了。

高渐离 屠兄,真正的大侠,是不必佩剑的;就像真正的大乐师,不必动手去击筑。剑在意中,曲在心里。

狗屠 您既佩剑又击筑,这说明您既不是真正的大侠,也不是真正的大乐师?

高渐离 剑术与音乐,至大精深,若非天才,虽穷毕生精力,也难登堂奥。渐离粗陋不才,于这两项,略通皮毛而已。所以这剑还是要佩的,这筑,也还是要击的。

狗屠 那您就心平气和吧,喝几杯老酒,吃几块狗肉,击击筑,唱唱曲,发发牢骚,挺好吗!

高渐离 屠兄所言极是。

〔荆轲摇摇晃晃地上。

秦舞阳 (讥讽地)大侠来了。

荆轲 (哼唱)"世人皆浊兮我独清~~世人皆醉兮我独醒~~"

秦舞阳 (旁白)失眠症患者,想不独醒行吗?

狗屠 荆兄,见到那位齐国大侠了吗?

荆轲 一个行将入木的老朽……不值得为他浪费唾沫……

秦舞阳 多半是碰钉子了吧?想那齐国大侠孟孙,名播四海,连太子殿下都视为上宾,在国宾馆盛宴招待。我猜想荆兄连大门都没进就被侍卫给轰出来了!

荆轲 燕雀安知鸿鹄之志也!

狗屠 荆轲先生,您就别转了,跟我们说说那齐国大侠的风采,让我们也长长见识。

高渐离　是啊,荆兄,说说晋见情况。那孟孙,早年曾在孟尝君门下为客,拜大名鼎鼎、无车弹铗的冯骥为师,虽无大功垂诸青史,但也是我们侠士一道里硕果仅存的老前辈了。

荆轲　徒有虚名耳!

秦舞阳　太子殿下敬重的人,不会如此不堪吧?

荆轲　太子是看在他风烛残年、远道而来的分上,给他个面子而已。(醉意全消)渐离兄,依我看,这侠士一道,也用不着真才实学,只要是出自名门,再加上老不死,到时候就成了大侠了。

狗屠　"老而不死是为贼。"都这把年纪了,不在家里呆着,还出来晃悠什么?不要说你们气不忿儿,就连我一个杀狗的,也看不下去!

秦舞阳　(怒斥狗屠)你不要插嘴!(转向荆轲,讥讽地)荆兄正在走着的,不也是这样一条道路吗?

　　〔荆轲按剑怒视秦舞阳。

高渐离　(和解地)二位二位,都是自家兄弟,嘴下留德,免伤和气。(转向荆轲)荆兄,我等兄弟,虽然比不上古之大侠,但肚子里还是有些货色。方今乱世,只要是真英雄,总会有用武之地。"习得屠龙艺,货与帝王家。"让我们耐心等待时机来临吧。屠兄,给我们煮上两条狗腿,温上三卮老酒,让我们畅饮畅谈,大快朵颐!

秦舞阳　这才是正经事儿。

　　　　[场后高喊:"田大侠到——"

　　　　[众人慌忙离席站起,貌极恭顺。

田光　荆卿,荆卿在吗?

荆轲　田先生,荆轲在此。

田光　好啊,你在这里。(目光掠过高渐离)高渐离,高先生,您也在。

高渐离　晚生不敢承当如此尊称。

田光　(目光盯住秦舞阳)秦舞阳,秦先生。

秦舞阳　(弯腰鞠躬)田先生……老前辈……您折煞俺也。

田光　(注目狗屠)还有您,狗屠兄,近日生意可好?

狗屠　(受宠若惊地)托您老人家的福,还好。他们三位知道,小子也是个性情中人,做这个小生意,不为赚钱,为的是朋友们聚谈方便……

田光　好,好,都是侠义之士嘛!站着干什么?坐,都坐。

　　　　[众人坐下。

[狗屠端上酒肉。

高渐离 久不见先生之面,犹禾苗盼望甘霖。今日先生屈尊下降屠狗之坊,定有高见教谕我等,愿洗耳听先生金玉之言。

田光 （喝酒,长叹一声）虎老了,不食人也!

高渐离 先生老当益壮,我辈虽然年轻,也难挡先生剑锋。

秦舞阳 先生剑术,已达炉火纯青境界,万马千军之中,取上将首级,犹如探囊取物耳。

田光 （悲凉地大笑几声）什么老当益壮,什么炉火纯青,小高,小秦,你们是在拍我的马屁,心中还不定怎么想呢!

高渐离 我们心中也是这样想的。再说,尊重老人,是我们燕国的美好传统。

秦舞阳 老先生是国家的栋梁,我们再努力三十年,也难望先生项背。

田光 荆卿,你是怎么想的?

荆轲 荆轲客居燕国,承蒙先生错爱,赏我衣食,赐我居所。我不知燕国有国王和太子,只知燕国有先生。

田光 （对高与秦)你们听到了吧?这才是一个侠士该说的话。夫侠者,容也;侠者,大也。所谓有容乃大也。

高风亮节,不堕流俗。把酒凌虚,慷慨悲歌。上不谄权贵,下不欺妇婴。受人涓滴之恩,便当涌泉相报。施人再造之德,即刻彻底忘却。剑者,意也,气指颐使,杀人不动声色。袖中乾坤,夺国而不用干戈。侠义之士,急公好义,扶危济困,虽肝脑涂地而不足惜也。(越说越激动,从坐席上一跃而起)侠义之士,忍辱负重,卧薪尝胆,虽饥寒交迫而不堕青云之志,等待天降大任,犹如潜龙在深渊,只待霹雷一声,直上青云……

〔一阵剧烈的咳嗽打断了他的话。荆轲上前,殷勤地为他捶背。

高渐离　先生的话,道出了侠与剑的精髓。

秦舞阳　小子回去就刻到墙上,时时诵读。

田光　(喘息着)我田光胸怀吞吐云梦之志,身具屠龙搏虎之技,苦苦等待了四十年,等待着这发扬光大我侠道剑术的时机。今天,时机到了,但我已经是心有余而力不足了……

〔田光沮丧地跪在席上。

〔众人关切地上前问讯。

田光　(环顾众人)你们,都是荆卿的朋友吗?

众人 是的,我们是荆兄的亲密朋友。

田光 你们知道我们侠士的朋友之道吗?

众人 请先生赐教。

田光 朋友者,可同生共死之人也。

众人 谨遵先生教诲。

田光 荆卿的朋友,也就是我的朋友。能对荆卿说的话,就可以对你们说。你们能够保守秘密吗?

众人 我们都是守口如瓶之人。

田光 荆卿啊,今日太子殿下派车把我接到宫中,屏退左右,对我说:"先生啊,燕秦两国,誓不两立。秦王亡我之心不死,三五年内,必将对我燕国发起进攻。愿先生为我留意。"(观察众人的反应)我对太子殿下说:"殿下啊,骐骥盛壮之时,一日可奔驰千里,至其衰老,劣马先之。臣就是这样一匹老了的骐骥啊。"太子问我:"国内侠士之中,何人可用?"(打量众人,荆轲低眉垂首)我对太子说:"荆轲可用!"

　　[众人用羡慕的眼光看着荆轲。

荆轲 (直身深拜)承蒙先生错爱,只恐荆轲才疏学浅,剑术不精,难当大任。

田光 俗言曰:"一架篱笆三根桩,一个好汉三个帮。"(指点众人)他们三人,都是你的帮手啊!

众人 愿辅佐荆卿,完成太子殿下重托。

田光 临别时,太子殿下对我说:"先生,适才所言,是国家大事,望先生不要泄漏。"太子这样说,说明他对我还是不够信任啊!

高渐离 如此大事,自当慎之又慎,先生多疑了。

田光 太子所言,另有深意也。

　　　　[众人面面相觑。

田光 荆卿,你知道太子的意思吗?

荆轲 先生……

田光 直说无妨。

荆轲 太子给了先生一个成就一世英名的机会。

田光 知我者,荆卿也。(仰天长叹)可惜我空怀绝技,不能亲赴秦宫取秦王首级以谢太子殿下知遇之恩,只能舍身成义,以求节侠之名。荆卿,我死之后,你速去宫中见太子,接受任务,并代我言明心志。荆卿啊,你要知道,古往今来,有多少身怀奇技、胸有大志的仁人侠士,在苦苦等待着大展宏图的良机,但最后却像碌碌无为的庸人一样,老死在荒村野店。而又有多少酒囊饭袋,龌龊小人,被推上了历史的舞台,头上戴着谄媚者献上的花冠,身上披着肤浅女人用虚荣心织成的锦缎,进行着丑恶的表演。既有英雄的素质,又得到了证明自己的机会,这可是命运的垂青啊,荆卿,你要仔细啊!你要慎思啊!你不要辜负了我这颗白发苍苍的头颅啊,荆卿!(伸出戴着铜指甲的右手,猛地抓住了荆轲的胳膊)你要像我抓住你的胳膊一样,抓住这个千载难逢的良机,抓而不紧,等于不抓,要抓到肉里,抓到骨里!我死之后,你把这副指甲取下来,还给燕姬。她是太子殿下的宠爱之人,出入相随,形影不离。这副指甲,是三年前她对我的赏赐。她让我用这副指甲吃鱼吃肉,将养身体,预备着为太子干一件大事。但没想到,仅仅三年,我就老得骨质疏松,行动不便,遗憾啊遗憾,可惜啊可惜。(剧烈咳嗽,高渐离、秦舞阳、狗屠上前为他揉胸捶背)还有你们,你们三位,都要审时度势,好自为之,搭一艘顺风船,借一次幸运光,成就你们的侠义之名,不要像我一样,借一个并不充分的理由,用自刎的方式,成就这配角的名声。"倚着槐树穿绿袄啊,秃头跟着月光走。"各位,拜托了!

　　[田光引剑自刎。

众人　先生……

荆轲　（从田光手上取下指甲，冷冷地）先生求仁得仁，圆满了！

第二节　受命

　　［太子宫中。

　　［舞台上摆设笨重朴拙,色彩以黑、红为主。

　　［舞台一侧置一秦王偶像,开场时以红布遮蔽。

　　［太子跪坐席上,一个侍女为其整理衣冠,燕姬托铜镜为其照容。

太子　你一向料事如神,说说看,今天会发生什么事情?

燕姬　世事变化莫测,贱妾愚笨,猜不出来。

太子　你曾经说过,"太子一撅屁股,我就知道他要拉什么屎"?

燕姬　贱妾虽然愚笨,但也说不出这样的蠢话!

太子　这话蠢吗?我倒希望,有这样一个人,能够看透我的心。

燕姬　贱妾目光短浅,只能看到殿下的头上又多了几根白发。

太子　愁一愁,白了头啊!

　　〔台后传呼:"荆轲先生到——"

太子　有请!

　　〔太子立起,迎到台口。退行引导荆轲至舞台中央坐席旁。

太子　(跪下,用衣袖拂拭坐席)先生请。

荆轲　(就座,长跪深拜)殿下如此多礼,荆轲诚惶诚恐。

太子　久闻荆卿大名,今日得见,果然是气韵生动,头角峥嵘,名不虚传也!

荆轲　(再拜)荆轲乃卫国一介寒士,乞食于贵国,殿下过誉之词,实不敢当。

太子　荆卿过燕数年,没能登门拜望,有失东道之礼,还望先生宽恕。

荆轲　鄙人多得田先生照应,衣食丰足,已经深领贵国礼贤下士之风。

太子　田先生为燕国留住了人中之龙,昨日本宫已经深表谢意。田先生怎么没来?

荆轲　先生已经舍身成义了。

太子 （做惊愕状）为什么？

荆轲 殿下，先生说："侠士一举一动，俱要光明磊落，不使人心生疑窦。殿下临别之时，特别叮嘱，'方才所言，系国家大事，望先生幸勿泄漏'，这是殿下疑我也。"先生因此自刎，向殿下表明心志。

太子 （在坐席上膝行数圈，以手捶地，号啕大哭）先生啊先生，您误解了本宫的意思了啊……您是国之栋梁，丹之师长，本宫不信任您，还有谁值得信任啊……丹寡才少德，竟然得到先生这样的厚报，受之有愧啊受之有愧……先生啊，您撒手而去，国有疑难，让我去问谁啊？……先生啊，您死了，丹也活不长久了啊……

　　［在太子哭诉时，侍立一侧的燕姬面无表情。

荆轲 殿下，先生已成大仁大义之名，这正是一个侠士求之不得的结局。望殿下制痛节哀，以国事为重。

太子 （做拭泪状）荆卿，先生临终之前，还有什么话说？

荆轲 他让我立即进宫拜见殿下。

太子 （膝行趋前，执荆轲衣袖）荆卿……先生已死，您就是本宫唯一可以依靠之人了。

荆轲 荆轲粗鄙村夫，蒙太子如此看重，自当不遗余力，愿效犬马之劳。

太子 （目视左右）退下。

　　　　〔众侍从急退。

　　　　〔燕姬也欲退下，太子招手留之。

　　　　〔荆轲注目燕姬。

太子 （指燕姬）这是我身边亲信之人，荆卿幸勿见疑。

荆轲 （对燕姬施礼）得睹芳颜，三生有幸。

燕姬 （对荆轲施礼）贱妾村妇之姿，蒲柳之质，有污先生尊目。

荆轲 （从怀中取出铜指甲）田光先生临终之时，嘱我将此物还给燕姬夫人，还让我向太子和夫人表示歉意：他没能用这副铜甲擒狼捉虎，却用它剔骨挑刺。

太子 （接过铜指甲，注视片刻，递给燕姬）先生啊先生，丹虽然愚昧，但也明白了您的心意！（对燕姬）进酒。

　　　　〔燕姬为荆轲和太子进酒。

太子 这酒的滋味怎样？

荆轲 荆轲心在别处，无暇顾及酒味。

太子 精彩！一心不能二用，识良马者不辨牝牡骊黄，非如此专注不能成大事也！

　　　　〔荆轲注目燕姬。太子冷笑。

太子 此女颜色如何?

荆轲 滋味醇厚,必是陈年佳酿!

太子 (大笑)荆卿指天说地,果然是高人!(示意燕姬揭开偶像遮布)荆卿识得此人否?

荆轲 (注目秦王偶像,良久,低头曰)太子恕荆轲眼拙。

太子 (匆匆膝行至偶像前,绕之两圈,恨恨地)就是为了他,本宫才招荆卿至此,(一跃而起,手批偶像之颊)就是因为你,才断送了田先生性命!荆卿啊,此人诞生在赵国,初名赵政。其时本宫在赵国为人质,与他是少年朋友,经常一起上树捉鸟,下河捞鱼,结下了深厚的友谊——荆卿知道他是谁了吧?

荆轲 (低声地)秦王。

太子 (再次以手批偶像颊)就是这个赵政,还秦之后,更名嬴政。十三岁继承王位,二十二岁冠冕亲政。以后数年,流放太后,逼死生父,凶狠残暴,滥杀无辜。其时本宫正在秦国为人质,他未亲政时,对我还算客气。见面时称兄道弟,送我名马,赠我美姬。没想到他亲政之后,全不念当年情谊,将我逐出华屋,弃置陋室,没收我财宝,断绝我饮食,居所周围,时时有暗探监视。丹之性命,危在旦夕。我上书请求归国,他托人传话给我："乌头白，马生角，方可归！"乌鸦能白头吗？马头能生角吗？他是想把我困死在秦国啊！幸亏天不灭丹，让我巧计得逞，得还祖国。但我与这竖子的仇，是永世难以化解了！

荆轲　殿下金蝉脱壳，假道归燕，已经成为传奇。

　　　　〔太子跪地，膝行回到荆轲面前。

太子　荆卿，嬴政野心勃勃，贪得无厌。不将天下土地纳入秦国版图，他的进攻就不会停止。不久前他俘虏了韩王，吞并了韩国。接着又分兵南下伐楚，北上攻赵。眼下，大将王翦率三十万大兵逼近漳水、邺城，上将李信已经攻占了太原、云中。赵国灭亡，只是个时间问题。而赵国一旦覆灭，秦国的下一个攻击目标，就是我燕国了。燕国弱小，虽全民皆兵，也难挡秦军锋芒。（捶地痛哭数声）燕国之祸，就在眼前了，荆卿可有救燕之计教我？

荆轲　荆轲草莽之人，见识短浅，只有匹夫之勇，愿听殿下差遣。

太子　此是天不灭我大燕也！（顿首）本宫代表燕国百姓感谢荆卿了。

荆轲　（顿首）荆轲不敢承受殿下如此大礼，请殿下直言。

太子　丹日前与田先生谋划，想请荆卿伪做我的使者，持厚礼晋见秦王。荆卿借此机会，劫持秦王，逼他签订合约，返还侵占诸侯的土地，就像当年鲁国的侠士曹沫挟持齐桓公那样。这是最好的结果，如果实现，荆卿不但有大功于燕国，而且有大功于天下。如果挟持不成，就在殿上将他刺死。秦国大将带兵在外，个个骄横专断，闻朝中有变，必拥兵自立。趁此机会，我与诸侯联合，破秦必矣！如此，则燕国百姓有福，天下百姓有福。望荆卿幸勿推辞！（以额触席，不起）

荆轲　（跪在席上转了几个圈子，也以额触席）殿下，非是荆轲推辞，实在是荆轲胆气不足，剑术不精，难以担当如此大任。

太子　田先生慧眼识英，言举国上下，胆气才识，无有出荆卿之右者，我不信田先生，还能信谁呢？望以燕国百姓为念，临危受命。

荆轲　请殿下另寻高人。

太子　荆卿难道惜死吗？

荆轲　（慨然地）殿下，士为知己者死，女为悦己者容。（注目燕姬，太子看在眼里）荆轲受殿下如此礼遇，虽万死不敢辞。反复推辞，是怕耽误了殿下的大事。

太子 荆卿,您答应了？

荆轲 荆轲患有失眠之症,近日愈发严重。

太子 大人物个个失眠！荆卿人中龙凤,如不失眠,才是咄咄怪事！

荆轲 荆轲是小姐身躯丫鬟命,草民患上了贵族病。夜晚似睡非睡,白天似醒非醒,如此状态,只怕误了太子的大事。

太子 荆卿不要推辞了。

荆轲 太子盛情难却,鄙人只能勉充副使,协助正使,去完成这件惊天动地的壮举。

太子 副使可由荆卿自选,但正使非君莫属。至于失眠嘛,(冷笑)我这里有专治失眠的良药。

荆轲 殿下,檐下的麻雀,飞行不过几家瓦舍；田中的老鼠,活动不过几道垄沟。荆轲小国寡民,一向寄人篱下,眼界狭窄,没见过盛大场面。只怕我一进秦宫,就像出了地洞的鼹鼠,分不清南北西东。

太子 (对燕姬)进酒,为荆卿把盏。

　　　[燕姬持酒器,膝行至荆轲身边,为之侍酒。

太子 本宫在城内另有豪宅一所,即请荆卿搬去居住。那里的一切,都按秦宫式样布置。(指燕姬)燕姬原是秦宫之女,曾专司为秦王梳头之职,她对秦宫中的门径可谓了如指掌。待几日本宫将她送过府去,荆卿尽可以从她那里摸清底细。

荆轲 荆轲何等之人,敢居殿下豪宅?燕姬乃殿下宠爱之人,她多情重义,曾协助太子逃离虎狼之国。多年来襄助殿下,处理军国大事。荆轲若敢染指,天地不容也,望殿下勿再言。

太子 荆卿,为了破秦救燕,要本宫的头颅也在所不惜,何况一宅一姬乎?(侧身对燕姬)你收拾收拾,明日即过府去事荆卿。(燕姬默然,悄然对荆轲)此女技艺超群,专治失眠。

荆轲 请殿下不要再提此事。

太子 吾意已决,荆卿不必客气。(膝行至秦王偶像前,跃起)嬴政啊嬴政,我仿佛看到了你的末日!(努力将偶像推倒)

荆轲 (膝行至太子身边)荆轲此身已经属于殿下,但如此大事,必须详细策划,以求万无一失。否则,无异于引狼出洞,惹火烧身。望殿下允许荆轲从容策划,万勿催逼过急。

太子 荆卿自便。

第三节　赠姬

［荆轲豪宅。

［秦王偶像立于一侧。

［舞台的一侧有一根粗大的红色立柱,可以活动。

［高渐离、秦舞阳、狗屠在舞台上转来转去。狗屠此时也背上了一把宝剑。

秦舞阳　（双臂张开,丈量着那根粗大的立柱）哎呀我的妈耶,这根大柱子,比我们村头那棵一百年的老槐树还要粗！太子殿下从哪里弄来了这般粗大笔直的巨木？不得了啊,不得了,荆大侠,跟着你,小弟算是开了眼界了！

狗屠　说你是土包子吧,你还不服气。想我大燕国有成片的原始森林,参天的大树比比皆是,太子是国之储君,一人之下,万人之上,别说是弄这样一棵大树,就是弄这样一千棵大树、一万棵大树,也是易如反掌。

秦舞阳　嚯,你也满嘴名词,转起来了。土包子怎么了?多少英雄豪杰,都出身于田畴之间。(指狗屠)瞧瞧您那剑,是那样背的吗?应该是这样,(为狗屠示范)这样!并不是随便什么人,背上一把剑就成了侠士。这是剑,不是您案板上的屠刀!

狗屠　我们屠夫一行,英雄辈出。你难道没听高先生说过吗?协助信陵君救赵的朱亥朱大侠,未出山前就以屠狗为业;为严仲子刺杀侠累的聂政聂大侠,也曾隐身屠坊,干过白刀子进去红刀子出来的勾当。

高渐离　(一直在舞台后边背手徘徊,做思考状,此时趋前,用极严肃的口吻)二位仁兄,还记得田先生临终时对我们的嘱托吗?

秦、屠　先生让我们襄助荆大侠完成刺秦大计。

高渐离　可你们哪?(压低嗓门)为一些鸡毛蒜皮的小事在这里争嘴拌舌,哪里还有半点侠士的样子?坐下,默想田先生关于侠道的教导。

　　〔秦舞阳与狗屠慌忙坐在席上。

　　〔荆轲衣冠不整,摇摇晃晃地上。

秦、屠 大侠早安!

高渐离 (小心翼翼地)荆卿睡得好吗?

荆轲 (痛苦地)又是一夜未眠。高先生,您还有什么办法,赶快贡献出来救我。

高渐离 荆卿,其实您还是睡着了一点。

荆轲 我辗转反侧,心烦意乱,连耗子打架,猫头鹰鸣叫,你们说梦话放屁,都听得清清楚楚。

高渐离 荆卿,五更时分,我起来小解,分明听到你的卧房里传出响亮的鼾声。

荆轲 (兴奋地)您真的听到了我的鼾声?

高渐离 千真万确!

荆轲 这么说我确乎还是睡着了一点?

高渐离 起码有一个时辰!

荆轲 (指点秦、屠)你们也听到了我的鼾声?

秦、屠 听到了,你的鼾声,把我们从梦中惊醒。

荆轲 (兴奋地)听你们这么一说,我心中顿感轻松。我以为没有睡着,但其实还是睡着了。

众人 您确实睡着了。

荆轲 (伸了一个懒腰,跪坐在秦王偶像前)即便没睡着,也不敢有丝毫懈怠,何况我还睡了一个时辰——高先生,请您再讲述一遍曹沫挟持齐桓公的故事。

高渐离 （在舞台后方边走边讲,以狗屠为虚拟桓公,狗屠和秦舞阳配合演出）曹沫曹大侠,鲁国人也。随从鲁庄公会盟齐桓公于齐地。庄公与桓公在高坛之上,正欲盟誓签订割地之约,曹大侠手持匕首,飞身上坛,左手拉住桓公袍袖,右手持匕首按在桓公脖颈,厉声曰:齐国以强凌弱,欺负我鲁国太久太甚。今日当着众诸侯的面,请您对天盟誓,归还侵占鲁国的土地,并保证不再侵犯鲁国边境。

狗屠 （扮桓公）我对天盟誓,答应你提出的所有要求。

高渐离 事毕之后,曹大侠将匕首扔在桓公面前,纵身下坛,北面而坐,饮酒食肉,面不改色——!

荆轲 此正是太子殿下想让我们做到、我们自己也梦寐以求的事情,但是——（荆轲前倾仆地）

　　〔幕后高声传呼:"太子殿下送牛一头、羊一尾、豕一只,供荆大侠与众侠士消受——"

　　〔秦舞阳与狗屠交换眼色。

荆轲 （沮丧地）但是,秦宫不是齐地,秦王也不是桓公。荆轲纵然有十倍于曹沫之勇力,又有什么机会能威逼秦王对天盟誓、当众签约?即便秦王迫于形势,盟誓签约,但荆轲一松手,顷刻之间,就会被剁成肉酱,还到哪里去"北面而坐,饮酒食肉而面不改色"?!嗟乎,曹沫不可学也。

[幕后高声传呼:"太子殿下进锦缎十匹、美酒十坛供荆大侠与众侠士消受——"

秦舞阳 (悄对狗屠)这老兄,真肯下本钱啊!

狗屠 (悄声)你就跟着吃香喝辣吧。

高渐离 其后一百六十七年,吴国又有专诸专大侠为公子光刺吴王僚故事。

荆轲 (悲凉地)讲来。

高渐离 (秦舞阳扮专诸,狗屠扮国王、国王侍从。二人随着高渐离的讲述夸张地表演)专诸专大侠,吴国堂邑人也。公子光为夺王位,埋伏甲兵于窟室中,请国王赴宴。从王宫至公子光家的大道两侧以及公子光家的院落、过道上,站满了国王的亲信,一个个手持长剑,虎视眈眈。酒至半酣,公子光托词退出,专大侠将匕首藏在鱼肚子里,冒充上菜的厨师,来到国王面前。大侠扒开鱼肚,抓起匕首,以迅雷不及掩耳之势刺杀国王。国王的武装侍从,扑上来将大侠乱剑刺死。公子光埋伏的甲士突出,杀尽国王的亲信。公子光成为吴王,封专诸的儿子为上卿。

荆轲　专诸可学也,但可惜荆轲没有个儿子被封为上卿。

秦舞阳　先生不妨收一个可造之才为义子。

狗屠　你又想什么歪门邪道?

　　　　〔幕后高声传呼:"太子殿下进良马三匹、高车一乘,供荆大侠使用。"

荆轲　请讲豫让故事,高先生。

高渐离　(秦舞阳扮智伯,狗屠扮豫让,二人随着高渐离讲述表演)豫让豫大侠,晋国贵族智伯门客也。为报知遇之恩,两次化装潜伏于茅厕中与草桥下,欲为智伯刺杀赵襄子,均被识破。赵襄子说:豫让,你为智伯报仇,已经得到了义士之名。但为了自身安全,我不能再次赦免你了。豫大侠曰:君前次宽恕了我,也为你自己博得了宽厚的美名。今日,我是该死了。唯求君之外衣,让我以剑击之。一是了却我为智伯报仇的心愿,二是将更加宽厚的美名赠你。赵襄子随将外衣脱下,使人送到豫让面前,大侠拔剑,三跃而击之,然后伏剑自杀,成就了忠烈侠士之义,也成就了赵襄子宽厚仁慈之名。

荆轲　豫让空有侠士之名,实乃跳梁小丑,不足学也。

狗屠 我倒觉得这个豫大侠是个憨厚人。

秦舞阳 什么憨厚人?傻蛋一个!

　　〔幕后高声传呼:"太子赠无价之宝,供荆大侠一人享用——"

　　〔一个庞大的物件,由四个侍卫抬上。

秦舞阳 我的娘,这是个什么宝贝?

狗屠 (抽动着鼻子)好香啊!

　　〔一侍女上前,揭开一层层的绸缎,显出了浓妆艳抹、酥胸半露的燕姬。

荆轲 (激动地)燕姬——

燕姬 (彬彬有礼地)先生。

荆轲 (对侍卫)速将燕姬护送回太子宫中。

燕姬 妾乃太子赠给先生的礼物,送给别人的东西,哪有收回去的道理?从现在起,您就是我的主人了。(示意侍卫们退下)

高渐离 (趋前施礼)久闻燕姬盛名,今日得见,如睹天人!

燕姬 您就是高先生吧?

高渐离 高渐离。

秦舞阳 (膝行至燕姬面前)秦舞阳参见燕姬。

狗屠　（膝行至燕姬前）俺也参见燕姬。

燕姬　贱妾此身已属荆卿,你们都是荆卿兄弟,往后就不要这般客气了。

　　　［燕姬膝行,为众人斟酒。

荆轲　（掩饰着内心的激动）高先生,豫让之后,还有什么故事?

高渐离　豫让之后四十年,魏邑又有聂政聂大侠故事。

荆轲　讲来。

燕姬　（挺身向前,对荆轲）主人,高先生已经口干舌燥,可否由贱妾为您讲述这段故事?

荆轲　（讶异地）你?怎敢劳动您开启金口?

燕姬　（冷笑）太子经常在我的讲述中奋然而起,宛如一只好斗的公鸡。

荆轲　荆轲洗耳,恭听您的燕语莺啼。

燕姬　（跃起,神采飞扬地）聂政聂大侠,魏国人也。少年时因事杀人（秦舞阳示意狗屠,意为此事与自己的经历相同）,与老母、姐姐避祸于齐国,隐身屠坊,以杀狗为业。

狗屠　（低声对秦舞阳说）听到了没有?

燕姬　濮阳贵族严仲子,携带黄金百两远道入齐,为聂大侠母亲祝寿,其意是想请聂大侠出山。大侠曰:老母在堂,长姐待字,此身不敢许人也。以后数年,姐姐嫁人,母亲过世。聂大侠至濮阳,见到严仲子,曰:聂政乃逃亡罪犯,隐身市井,操刀屠狗为业,先生贵为卿相,能自降身份,千里迢迢,前来为政母祝寿,如此高义,聂政没齿不敢忘也。今老母过世,姐有归属,此身自由,可以为先生捐躯也。请先生言明所恨何人,聂政不惜性命,为先生图之。严仲子曰:"仲子所恨之人,韩国宰相侠累也。侠累既是宰相,又是韩王叔父,权势熏天,炙手可热。我已经预备了车骑壮士数百人,辅佐足下成事。"聂大侠谢绝车骑壮士,仗剑独行至韩。时侠累方坐府上,周围甲士护卫。大侠飞身登阶,刺杀侠累。左右甲士大乱。大侠施神威,片刻间击杀数十人。然后决目毁容,剖腹出肠而死!

秦舞阳 壮哉聂大侠,勇哉聂大侠!

狗屠 为我屠宰一行增添了光彩!

燕姬 韩王将大侠遗体悬于市,有能认出者赏千金。大侠姐姐名聂荣,闻听消息,急赴韩市,伏尸大哭。曰:杀侠累者乃魏国轵城深井村人聂政也。市人问:此人刺杀韩相,罪大恶极,夫人前来相认,不怕祸及已身吗?聂荣正色曰:我弟弟决目毁容,是怕被人认出连累于我,我怎敢苟全此身,埋没了我弟弟的英名?!言罢连呼苍天三声,死在大侠尸身旁。

秦舞阳 女中丈夫也!

狗屠 她也跟着弟弟成了名。

荆轲 聂政之后还有名列青史的侠义之士吗?

燕姬 (冷嘲地)那也许就是荆卿了。

荆轲 (悲凉地)想不到终结了几百年侠客故事的,竟然是一个女人!

燕姬 (意味深长地)也许开始了新一轮侠客故事的,还是一个女人。

高渐离 (注目燕姬)我真怀疑这花冠丽服之内,藏着一个青年侠士。

燕姬 (跪地敛容垂首)贱妾多言,有悖妇人之礼,还望主人和诸位侠士宽宥。

第四节 决计

［同前景。

［三个月后。

［荆轲、高渐离对坐席上。

［燕姬跪在荆轲身后,为其按摩头颈。

［秦舞阳在一边溜达,连连打着饱嗝。

［狗屠在一边装模作样地练习剑法。

高渐离　（厌烦地）舞阳兄,你能不能坐下安生一点？晃来晃去,让人心烦意乱。

秦舞阳　不是我不想坐下,是我坐下就喘不动气儿。不行,该减肥了。

狗屠　瞧那点出息！少吃点嘛！

秦舞阳　我吃得多吗？我吃得不多,是这里的食物太精美了。

高渐离　如果连自己的嘴都管不住,还算什么侠士?

秦舞阳　如果我不吃,第一是造成了不必要的浪费;第二是对不起太子的一番美意。何况,即便我不吃,身体健壮,行动像豹子一样敏捷,荆大侠就能让我跟随他去刺秦吗?再说啦,高先生,在这荆府里住了三个月,我看您老那小长脸儿也变圆了,您那小肚腩也鼓起来了。只有我们荆大侠,还保持着健美的体形,这大概是燕姬夫人之功——

　　［燕姬冷笑。

高渐离　(无奈地)吾乡有鄙谚曰:一岁长不成大毛驴,永远是只驴驹子。此言不谬也!

秦舞阳　你竟敢骂我是驴驹子!

狗屠　驴驹子多么可爱啊,要我说,你还不如一头驴驹子,你只能算作一只狗崽子!

秦舞阳　(怒)你们合伙欺负我乡下人!这是什么世道?王亲贵族瞧不起乡下人倒也罢了,可连杀狗的、卖菜的、挖大粪的,只要说话嘴里带"丫"的,就敢拿乡下人开涮。

　　［幕后高声传呼:"太子殿下送熊掌四只、美酒一

坛供众侠士享用——"

秦舞阳 （低声）老上这些东西,我能不胖吗?

荆轲 吵啊,怎么不吵了?只有在你们的吵闹声中,我才能假寐片刻。

秦舞阳 吵累了,歇会儿。

荆轲 （长叹一声,对高渐离）先生,刺客一道,到了聂政,已经登峰造极,我等无论怎样努力,也难干出超过他们的事情了。

高渐离 荆大侠,聂大侠义薄云天,刺杀侠累,但如果不是有后边的决目毁容及其姐的伏尸痛哭,他的事迹,大概也早已湮没在历史的尘埃之中——这是一个多么精心的设计。

荆轲 愿先生教我。

秦舞阳 这一定是事先串通好的,聂大侠也不能只顾自己成名,她姐姐也要成名呢。

荆轲 休要插嘴,听先生说。

高渐离 聂政刺杀的,乃区区韩国一相也,如果没有后边的故事,他的名声,如何能列众侠之首?从古至今,刺客的名声,依赖于被刺者的身份地位和刺杀的环境,俗言曰:"水涨船高。"说的就是这个道理。

狗屠　偷一头黄牛,那只是一个毛贼;劫持了王纲,那就是一条好汉。

秦舞阳　调戏一个民女,那是一个痞子;勾引了皇上的宠妃,那就是一个诗人!

高渐离　二兄所言,虽然略嫌粗俗,但确实切中了时弊。被刺者的身份越高,刺客的名声越大;行刺的环境越险恶,刺客的声誉越隆。纵观成名侠士历史,曹沫所挟持之齐桓公,虽有霸主之名,但毕竟是优柔寡断之辈。专诸刺杀之吴王僚,乃一偏远小国昏暗之君。豫让欲刺之赵襄子,乃赵国一破落贵族。聂政刺杀之侠累,乃区区韩国之相。此四人,无法与雄才大略、狼行虎步的秦王相提并论也。齐之盟台,吴之宴席,赵之茅厕、草桥,韩之相府,更无法与巍峨堂皇之秦宫同日而语也。荆大侠如能将令诸侯畏之如虎、闻之色变的秦王刺死在甲士如云、谋士成群的秦国宫殿之上——那才是千古一刺,终结了侠士的历史,令后代的刺客们,连模仿都无法再模仿了!

荆　轲　(顿首)吾意已决,先生毋庸多言也!

　　　　〔幕后传呼:"太子殿下到——"

　　　　〔众慌忙整衣敛容,膝行迎接。

〔太子登台后,先扑到秦王偶像前,怒批其颊数十,以致手裂血出。然后举着两只血手跪在众人面前,痛哭不止。

高渐离 (感动地)殿下如此痛苦,令我等也痛不欲生了!(号哭)

〔秦舞阳和狗屠也跟着号哭。

荆轲 (冷漠地)请殿下止住您悲惨的哭声吧,荆轲已在洗耳恭听。

〔燕姬献一根白绸巾让太子擦手。绸巾染红。燕姬将血染绸巾示众。

太子 荆卿,高卿,秦卿,诸位爱卿,本宫即将死无葬身之地了啊……

高渐离 殿下何出此不祥之言?

太子 诸位爱卿,秦将王翦,已经攻破赵国首都,俘虏了赵王,并将赵国国土,纳入了秦国的版图。现在,秦国的大军,已经逼近了燕国的南部边境。王翦率兵渡过易水,灭亡我燕国,已是早晚的事情。诸位爱卿啊,本宫很想永远地将你们供养下去,让你们食尽天下的美味,享尽人间的至福,但看来是不可能了……

高渐离 殿下不要多说了。俗言曰:养兵千日,用在一时。现在,正是我们报效殿下的时候了。

秦、屠　我们愿意为殿下效命!

太子　(瞩目荆轲)荆卿啊……

荆轲　(冷淡地)殿下,秦王虎狼之君,生性多疑。我等空手而去,别说登堂上殿,只怕一入秦境,就被当成了奸细——

太子　如卿所言——

荆轲　请殿下修书一封,自甘示弱,愿俯首称臣,并将燕京东南督、亢之地,割让与秦,并绘制地图,献给秦王,作为晋见之礼。

太子　此是一场假戏。督、亢地图,不过几尺黄绢,本宫焉有不准之理?马上就办。

荆轲　听说秦国叛将樊於期,现在藏匿太子宫中。樊将军系秦王深恨之人,有能取其首级者,赏黄金千两,食邑万户。荆轲请殿下取樊将军首级与我,以取悦秦王。秦王喜悦,必接见我,如此则有机可乘,大事可成矣。

太子　(夸张地)不可不可!想那樊将军,系本宫在秦为质时旧友,吾穷困之时,曾受其馈赠羊酒。我能够逃离秦国,也多得樊将军助力。他遭秦王迫害,于穷途末路之时,前来投奔于我。我收留庇护他,正所谓"受人涓滴之恩,当以涌泉相报"。我怎能为一己之私利,而伤朋友之性命?荆卿万勿再言,请另谋良策。

高渐离 殿下宅心仁厚,不因危急而负旧友,虽齐之孟尝、魏之信陵,难望殿下项背也。

荆轲 秦国如破燕国,樊将军也必死无疑,愿殿下三思。

太子 荆卿,不要让我背上不仁不义的恶名,不要让我这干净的双手,染上朋友的血迹!(展示血手)

荆轲 既然如此,只好作罢。请殿下搜求一把匕首,作为刺杀秦王的利器。

太子 (咬牙切齿地)宫中即有徐夫人匕首一把,吹毛寸断,锋利无比,并且淬上了剧毒之药,见血封喉,触之即死!

荆轲 如此,差强也算万事俱备。

太子 荆卿何时可以动身?本宫将设宴与君壮别。

荆轲 荆轲本该立即出发,但这失眠症……

太子 还没好?(目瞩燕姬)难道这样的良药也治不好你的失眠症?

荆轲 在燕姬的调理下,失眠症确实见轻。过去是彻夜不眠,现在能迷糊一个时辰了。

太子 每天只睡一个时辰，确实是少了点。

高渐离 殿下，高某想起来一个家传秘方，可以让荆卿的失眠症彻底痊愈。

太子 说，除了龙肝凤髓我弄不到。

高渐离 猫头鹰脑袋七只，文火焙干，研成粉末，用热黄酒睡前冲服。

太子 那猫头鹰可是白天睡觉夜里醒啊。

高渐离 荆卿殚精竭虑，用脑过度，导致不眠。猫头鹰脑袋是世上第一等补脑良药，食之必当奏效。

太子 好啊，连家传秘方都贡献出来了。

高渐离 为了国家大事，我愿献出生命，何况一个秘方。

狗屠 偏方治大病。

秦舞阳 用蝙蝠脑子也可以吧？

太子 秦卿，就由你带人去捕捉猫头鹰吧。

第五节 死樊

〔同前景。

〔秦王偶像,蒙上红布。

〔高、秦、狗屠、燕姬俱在场上。

〔幕后传呼:"樊将军到——"

〔众人起立相迎。

〔樊将军手捧一木匣上。

樊於期 哪位是荆轲先生?

荆轲 鄙人便是。

樊於期 奉太子殿下之命,前来送宝匣,并请先生赐教。

荆轲 樊将军大国上将,竟然充任役使,此太子殿下之误、荆轲之罪也。

樊於期 末将乃丧家之犬,漏网之鱼,幸得太子庇护,漫说充任役使,即便当牛做马,也无丝毫怨言。

荆轲 将军高义,荆轲钦佩不已。

樊於期 愿先生教我。

荆轲 荆轲乃太子门下寄食之人,何敢妄言于将军之前?

樊於期 末将闻王翦大兵压境,燕国形势危急,乃晋见太子,欲请一支兵马,星夜驰往易水之滨,与王翦决一死战。胜则成战将之名;不胜则奋勇战死,以谢太子之恩。

荆轲 壮哉将军之志也。

樊於期 太子将宝匣交付与我,让我过府谒见荆大侠,言荆大侠将有善策授我,望不吝赐教。

荆轲 (环视台上诸人,膝行至秦王偶像前,跃起,拔剑挑开遮布)将军可识此人?

樊於期 (毂觫不止,颤声)秦王……

荆轲 正是秦王偶像,太子亲手所制。将军是否明白太子殿下为什么要把秦王偶像置于此地?

樊於期 (困惑地)末将不知。

荆轲 樊将军安坐饮酒,请看我等为您搬演一场好戏。

　　[荆轲示意,秦舞阳和狗屠跑到秦王偶像两边充任侍卫,高渐离扮副使手捧地图,荆轲捧起樊将军送

来的匣子,燕姬站在一旁。

[沉重而充满煞气的音乐声起。

燕姬　(高声传呼,连呼九声,实为九个傧相接力传呼,谓之"九傧之礼",实际排演时可简略)传燕使上殿——

[在传呼声中,荆轲与高渐离先用并步之法行走,然后跪地膝行,渐至秦王偶像前。

燕姬　(模拟秦王声口)燕使报上姓名。

荆轲　微臣荆轲。

燕姬　身旁副使何人?

高渐离　微臣高渐离。

燕姬　燕丹还算知趣,及早归顺,免去了大动干戈之苦。将尔手中宝匣献上来,让孤王看看这宝贝的模样!

[荆轲膝行上前,将手中宝匣高高举起,秦舞阳上前接过匣子。

燕姬　(狂笑)好啊,好啊,你到底没有逃出我的手心!将副使手中地图献上来。

[高渐离欲自行上前献图。

燕姬　副使却步!

[荆轲从高渐离手中接过地图,趋前。狗屠接过地图,放在秦王偶像前。

［用一个适当的方式展开地图，图穷匕首见，荆轲抓起匕首，猛地刺向秦王偶像。

［樊於期匍匐在地。

［音乐止。

荆轲 樊将军，您可看明白了吗？

樊於期 末将看明白了。

荆轲 樊将军乃秦国上将，为秦国南征北战，攻城略地，立下了煌煌战功。就为了一点区区小事，秦王把将军父母宗族数百人全部屠杀，还高悬赏格，以黄金千两、食邑万户求购将军头颅，秦王对待将军，是不是太过分了？

樊於期 （伏地痛哭）末将每每想到此事，就感到痛心疾首，仿佛连血液都不再流动，似乎连呼吸都要停止。所以末将向太子请命，愿战死沙场，以报秦王灭族之恨，以报太子收留之恩。

荆轲 将军差矣！将军曾为秦国上将，虽然避难燕国，但身份终生难改。以秦将之身，拒秦国大军，此忠臣烈士不为也。荆轲今有一计，既可报将军不世之仇，又可酬将军欠人之恩，更可成将军英烈之名——

樊於期 大侠教我。

　　　　　　［荆轲示意秦舞阳将宝匣送到樊於期面前。

荆轲　将军可知匣中何宝能让秦王如此动容？

樊於期　末将不知。

　　　　　　［荆轲示意秦舞阳打开宝匣，匣中空无一物。

樊於期　（疑惑地）大侠……

荆轲　此匣空置，等待将军之首级！

樊於期　（仰天悲鸣）太子殿下……

荆轲　后世的史官，已经准备好了刀笔竹简，准备刻写将军的事迹。

樊於期　（悲凉地）太子殿下……

　　　　　　［樊於期拔剑自刎。

荆轲　（对狗屠）赶快取下樊将军首级，放在冰窟里藏起。

秦舞阳　这是他的看家本事。

燕姬　一场意味深长的好戏。

高渐离　我的智慧，已经不足以理解眼前发生的事情。

燕姬　更精彩的故事，大概刚刚开始。

　　　　　　［幕后传呼："太子殿下割臂上之肉四两，为荆卿煲汤疗疾——"

　　　　　　［太子府中随从甲持麈尾在前引导，随从乙捧汤煲随后上场。

高渐离　嗟乎,殿下此举,足以惊天动地。荆大侠啊,我等虽肝脑涂地也难报太子高义于万一了。

　　　　［随从乙将汤倒出,献到荆轲面前。

随从甲　此汤大补,胜过猫头鹰脑袋。

随从乙　请大侠趁热喝下,我们也好回复太子。

荆　轲　太子啊太子,其实您不煲这汤,荆轲也没有回旋余地了。

随从甲　请大侠趁热用汤,早日恢复健康。

荆　轲　(拔剑击破汤碗)请回复殿下,荆轲如有动摇之心,就跟这个汤碗一样。

第六节　断袖

［同前景。

［舞台中央,席上有卧具。

［旁有灯盏,表示夜景。

［秦王偶像置于席边。

［天幕上悬挂着一只巨大的猫头鹰。

［燕姬端着一碗汤跪进到荆轲面前。

燕姬　主人,请喝补脑汤。

荆轲　(夺过碗扔到一侧)你也相信那些鬼话?

燕姬　病笃乱投医。

荆轲　这江湖郎中的邪门歪道根本治不了我的病。

燕姬　那谁能治好你的病?

荆轲　你。

燕姬　我已经尽我所能。

荆轲　（双手抓住燕姬的肩膀）燕姬,趁着这良辰美景,让我再看一眼你美丽的面容。让我再吻一次你娇艳的樱唇,让我再嗅一次你秀发的芳馨。明天,就要在太子面前实战演练,后天就要启程远行。燕姬,此刻我不是那个冷酷的刺客,也不是那个清高的侠士。此刻我是一个有血有肉的人,一个平生第一次领略了肌肤之亲的男人。

燕姬　听起来好像真的。

荆轲　三个月来,第一天你有精彩表演,然后你就沉默寡言。白天你还偶尔说几句冷嘲热讽的话,但一到晚上,你就变成了一个只有肉体没有灵魂的土木偶人。我吻你,如同吻着一块冰;连我的舌头和嘴唇都变得僵硬。我抱你,如同抱着一块铁,那么僵硬,那么沉重;使我的双臂都感到麻木酸痛。看起来你对我事事顺从,但你的心像一块地洞里的石头;你的灵魂,在一个遥远的地方遨游,宛如一只难以捕捉的风筝。

燕姬　我有灵魂吗？

荆轲　一入夜,就仿佛有黏稠的蜂蜜粘住了你的嘴;一上床,你就如同死人闭上眼睛。我真的就那么讨厌吗？

连让你看一眼都不值得？燕姬,跟你在一起,起初我还以为占了多大的便宜,但现在,我越来越感到受了你的蔑视!一个男人,被一个自己心仪的女人蔑视,这样的痛苦胜过了从臂上往下割肉。太子为了激我刺秦,可以割肉为我煲汤;为了让你睁开眼睛看看你身上的我,我可以砍下一条手臂。燕姬!

燕姬 （冷笑）你不要叫我燕姬,我现在是大侠荆轲屋里的一件东西,与那些归你使用的车马货物是一个等级。

荆轲 你是我心中的无价之宝,如果我的嘴巴足够大,我会将你吞到嘴里。

燕姬 这真是出我意料的奇迹。我以为你只会板着面孔玩酷,想不到竟然从你的嘴里吐露出这样一番肉麻的说辞。太子把我像赠送物品一样赠送给你,供你泄欲就是我的天职。你也从来没有把我当成一个人吧？难道你还指望一件物品开口说话？如果你的车说了话,如果你的马说了话,如果你的那些珠宝说了话,（指秦王偶像）如果他说了话,你难道不被吓个半死？

荆轲 我的车马珠宝,明天这个时候,就会重新变成太子的财产；其实它们从来也没有属于过我。就像这所豪华的宅邸，产权永远归太子，我不过是一个暂时寄居的房客。而这秦王偶像，我倒真希望他能开口说话。让我听听这威震华夏的虎狼之君，喉咙里能发出什么样的声音。从我受命之后，每天夜里都会梦到他，就像与一个老友定时约会。在我的梦里，他总是滔滔不绝地讲，讲他的抱负，讲他的痛苦，讲他的委屈，而我，就像被一双巨手扼住了咽喉，空有满腹的话语，但却发不出自己的声音。而他的声音，与你的声音竟是那么地相似；他的蜂准长目、两道蚕眉、一张阔口、三绺美须，只不过是他戴着的一副面具，而面具后边隐藏着的，是你的月貌花容。这样的梦境屡屡动摇我的决心，使我胳膊酸软，连轻薄的匕首都难以举起。我，天天端着架子，绷着面孔，仿佛一个冰冷的木偶，(指秦王偶像)就像他一样，连他还不如，他还能夜夜进入我的梦境，而谁家的梦境里会有我？

燕姬 听你这些像台词一样的美丽话语，即便是通篇谎言，也是一种享受。

荆轲 燕姬，我在这侠士道里浸淫多年，听到的都是些壮烈的陈词滥调,看到的都是些装模作样的虚伪嘴脸。习惯成自然,日久天长,我自己也变成了这般模样。但从见到你那天我就产生了异样的感觉,我感到包裹着我内心的那层冰壳正在融化,我心中慢慢溢出了软弱的温情。那天你替代高先生演说聂政故事,举止潇洒,英气逼人,令我目不暇接,心醉神迷。你是我从来没有见过的女人。我知道自己已经成了你的奴隶,而你才是我的主人。侠士道里允许纵情酒色,但不允许对女人产生感情。这是我的启蒙老师和田先生反复教导过我的。他们说侠士一旦对女人动了感情,刺出去的剑,就会飘忽不定。我忍着,不把自己当人,也不把你当人。我压抑着内心深处像烈火一样的感情,把自己变成一个纵欲的浪子,把你当作一个可以用金钱购买的娼妓。但坚持到这告别的前夜,我必须对你表白心迹,尽管这种表白接近滑稽。我希望能过一夜人的生活,我希望能与一个有体温有感情的女人过一夜生活,然后去赴汤蹈火,也不枉了为人一世。

燕姬 (悲凉地笑笑)先生,世上哪个女人不想动情?但动情的结果就是被当作物品一样互相赠送。当初秦王也曾对我含情脉脉,用他那些掌握着生杀大权的手指,梳理过我的每根发丝。为了表达柔情蜜意,他甚至用他的金口玉牙,啃咬过我的脚趾。但几年过去,他就把我送给了太子殿下。在他的送礼清单上,开列着:骏马三匹,车一乘,美人一个。太子穷困之时,与我相呴以湿、相濡以沫,也曾对着苍天,发过海誓山盟。但他的誓言犹在耳畔,我已经躺在你的床上,任你玩弄,仿佛一个廉价的娼妓。如果你劫持秦王归来——当然你不可能劫持秦王归来——但假如你劫持秦王归来,被封为燕国上卿,为了你的利益,马上就会把我转送给你的狗友狐朋。女人在这样的世道里,妄动真情,往轻里说是一种浪费;往重里说,那就是自己找死。女人的感情并不是永不枯竭的喷泉;女人的感情是金丝燕嘴里的唾液。——你知道吗?这种华贵的小鸟,它的唾液只能垒出一个晶莹的燕窝;到了第二个,吐出的全是鲜血。你难道要我的血吗?

荆轲　轻易不动感情的人,一旦动情,就会地裂山崩,把自己燃烧成一堆灰烬,被他爱上的人,也会被这狼烟烈火烧烤得痛不欲生。我不要你的血,但我要你接受我的感情。

燕姬 先生,所谓的感情,其实是一种疾病。来得快,去得猛;来得慢,去得缓。但不管是快还是慢,不管是猛还是缓,只要是上了这条贼船,不遍体鳞伤,也要丢盔卸甲。如果你还不明白,就想想春天池塘里那些恋爱的青蛙,它们不知疲倦地呱呱乱叫,不吃不喝,不睡不眠,被爱情煎熬得如同枯枝败叶。一旦交配完毕,立刻仰天而死。而那些没有恋爱的蛤蟆,则可以在池塘里自在悠游,从阳春到盛夏,从盛夏到金秋,然后开始又一次幸福的冬眠。

荆轲 我宁愿做一只恋爱中的青蛙,放开喉咙歌唱,然后尽欢而死,也不愿意做一只长命百岁的蛤蟆。

燕姬 你做不了青蛙,也成不了蛤蟆,您是肩负重任的大侠。所以啊,先生,还是省出点时间和精力,仔细谋划一下您的刺秦大计。人家的豪宅你住了,人家的美酒你喝了,人家的女人你玩了,连人家身上的肉你也吃了。你的身体其实已经不再属于你自己,你们的交换已经完成。你看起来还活着,其实已经死了。唯一可做的,就是利用已经不属于你的这条命,为自己捞取更大的名声。我曾经对你说过许多秦宫的陈规陋俗,那些都是废话,你从许多人那里都可以打听到,今晚我对你说的,才是我要传给你的真经。

荆轲 （自嘲,悲凉地）为什么真理多半从女人的嘴里说出?

燕姬 （冷笑）因为女人更喜欢赤身裸体。(脱下一件衣服扔到秦王偶像头上)来吧,荆轲先生,我的主人,我愿意提高一点温度,让你这个活着的死人,领略一次女人的热情。

荆轲 你的话已经让我感到心灰意冷,勉强的升温,还不如戴着假面演戏;伪装的笑容,还不如真实的哭泣。我已经被太子推上虎背——

燕姬 没骑上虎背的人,也许正被嫉妒的火焰,烧烤得眼睛通红。

荆轲 感谢你在这个深沉的夜晚对我推心置腹,我身既然已属太子,那就该全力以赴,干好他托付的事情。(用剑挑开秦王头上的衣服)请你穿好这五彩的霞衣,陪我再次熟悉刺秦路径。

燕姬 其实已经不必再费精力,你有了樊於期的头颅和督、亢的地图,肯定可以得到近身秦王的机会。你手中有了剧毒的匕首,只要触及他的皮肤,就能要了他的性命。你必将成为一个名重一时的刺客,但我还是为你感到可惜。

荆轲 是可惜我这条不值钱的性命?

燕姬 侠客的性命本来就不值钱。对于你们来说,最重要的是用不值钱的性命,换取最大的名气。我已经多次听那个高先生高谈阔论——他知识丰富,老谋深算,剑术也是上乘——听他的意思,似乎你刺死了秦王,就会成为天下第一刺客,空前而绝后,无人再能超越。其实,他不知道:一次成功的刺杀,就像"有情人终成眷属"一样平庸。他不明白,难道你也不明白?事物的精彩不在结局而在过程。

荆轲 你的意思是我不应该刺死秦王,而是应该把他生擒?你比我还要清楚,生擒秦王,绝无可能。别说我挟持着秦王出不了秦宫,即便出了秦宫,我又如何能够挟持着一个国王,穿越层层关卡,走完从秦都咸阳到燕都蓟城的三千里路程?

燕姬 即便你能生擒秦王,从秦都回到燕都,依然是一个平庸的结局。

荆轲 刺死他,平庸;生擒他,依然平庸。按你的想法,如何才能不平庸?

燕姬　你应该知道,最动人的戏剧是悲剧,悲剧没有大团圆的结尾。最感人的英雄是悲剧英雄,他本该成功,但却因为一个意想不到的细节而功败垂成。如果你能做到这一点,你就超越了历代的侠客,而后代的侠客,如果模仿你,都像东施效颦一样拙劣。

荆轲　我似乎明白了你的意思。

燕姬　其实我的意思,早就存在于你的心中。

荆轲　我真怀疑你是秦王派来的奸细。

燕姬　(冷笑)你就不怀疑我是太子的卧底?

荆轲　即便你是太子的卧底,我这里还有什么有价值的机密?

燕姬　对太子殿下来说,这里的一切都是机密。譬如荆轲中午吃了一碗米饭,下午和高渐离讨论秦国的气候问题。由讨论秦国的气候,引申到秦宫内的温度,然后又猜测了秦王上朝时会穿什么服饰。总之会有人向太子汇报:荆轲为了刺秦,已经绞尽了脑汁。他考虑到了可能发生的各种情况,并想出了许多的应对措施。看起来如果不发生难以预料的变故,他们的计划已经万无一失。

荆轲　那么,请允许我向你——你这个为秦王梳过头的宫女——请教几个有趣的问题。(指向秦王偶像)他真是这副模样吗?

燕姬　(从身后摸出一副面具戴上)他也许是这样一副模样。(披上一件黑色的长袍)他也许穿着这样的服饰。

荆轲　我想知道秦王服饰用什么材料制成?它们是否足够结实?

燕姬　(模仿秦王声口,边说边舞)寡人乃大秦国君,食不厌精,脍不厌细。金山银海,肉林酒池。锦衣华服,当然是上等质地。寡人的朝服,是用天蚕丝织成的锦缎裁缝而成。潇洒飘逸,坚韧无比。寡人的一只衣袖,可以拴住一匹骏马;寡人的一条丝带,能够悬挂一具尸体。等你们到达秦宫之时,已经是隆冬腊月,接见你那天,寡人会内穿狐裘,外罩长袍。长袖飘飘,犹如黑云漫卷;冠冕堂皇,宛若天神下凡。(厉声)荆轲,你为什么要刺我?

　　　〔荆轲语塞。

燕姬　你跟我有仇吗?

荆轲　我跟你没仇。

燕姬　你跟我有怨吗?

荆轲　我跟你也没怨。

燕姬　那你为什么要刺我?

荆轲　我是为了天下的百姓刺你。

燕姬　许多卑鄙的勾当,都假借了百姓的名义。

荆轲　你凶狠残暴,灭绝人性,滥杀无辜,连自己的亲族也不放过——我为那些死去的冤魂刺你。

燕姬　你是侠士,据说还喜欢读书,按说应该有点见解,怎么像目不识丁的妇孺一样无知?你去翻翻那些落满灰尘的历史账簿,看看哪家的宫廷里没有刀光剑影?看看哪个国王的手上没有血迹?钩心斗角,争权夺势;我不杀他,他必杀我;没有公道,也没有正义;没有是非,更没有真理。成则王侯,败则贼寇。这样的故事过去有,现在有,将来也不会绝迹。你用这样的理由刺我,不但不能服众,只怕连你自己也说服不了。

荆轲　你横征暴敛,赋税沉重,致使民不聊生;你大兴土木,修建宫殿王陵,百姓啼饥号寒,民众怨声载道。——我为了秦国百姓刺你。

燕姬　你又不是秦国百姓,我横征暴敛,我大兴土木,干你屁事?再说,你现在栖身的豪宅,难道是用气吹出来的?你享受的锦衣玉食,难道是老百姓自愿奉献?

荆轲　你穷兵黩武,发动战争;侵占邻国土地,扩大秦国版图;虎狼之心,贪得无厌。庆父不死,鲁难未已;暴秦不灭,天下不得和平。——我为诸侯刺你。

燕姬　你以为刺死我天下就和平了吗?春秋无义战,列国皆争雄。几百年来,战乱不断,诸侯纷争;今日合纵,明日连横;国土疆界,如水随形。这是基本的历史常识,还用得着我来对你普及?哪个国家强大了,不对弱国动武?哪个女人漂亮了,不被男人觊觎?利刃在手,易起杀心;权大无边,必搞腐败。兵多将广,武器精良,不发动战争,难道养着好看?弱肉强食,古今一理。假如我被你刺死,那些诸侯,马上就会起兵攻秦,秦国的版图,照样会被瓜分蚕食。如其这样争斗不断,不如我把他们全灭了,那样也许还真的迎来一个天下和平的时代。你用诸侯之名刺我,等于为一群狼,刺另外一只狼。这样的理由,不能让我信服。

荆轲　燕太子丹舍我豪宅,日进美食,间进车骑美女,供我享用,知遇之恩,不敢不报——我为燕太子丹刺你。

燕姬　这还勉强算作一个理由,不过也不是什么知遇之恩,只能算作豢养之情;就像主人豢养着一条狼狗,随时都可以放出来咬人。我可以送你更大的豪宅,赠你更精美的食物,把我的车辆送你,将我的骏马赠你。我宫中的三千粉黛,任你挑选享用;我库中的金银财宝,供你恣意挥霍。但我让你去替我刺燕太子丹,你去吗?

荆轲 太子殿下为我割臂煲汤,恩情重于泰山——

燕姬 也许那汤里煲着的只是一条狗腿,我可知道那厮的脾气。

荆轲 侠义之士,一言既出,驷马难追。我已经答应了燕太子丹,岂能反悔?——我是为了侠士的荣誉刺你。

燕姬 你总算说到了事情的根本。你们这些所谓的侠士,其实是一些没有是非、没有灵魂、仗匹夫之勇沽名钓誉的可怜虫。但这毕竟也算是一种追求,做到极致,也值得世人尊重。我同意你用这样的名义刺我,但为你考虑,我希望你好好谋划,怎样用你这点唯一的本钱,赚取最大的利益。(摘下秦王面具)荆轲,我如果是你,就不刺死他。因为这秦王,在短期内必将灭绝诸侯,一统天下。他也许会成为中国历史上第一个皇帝。他也许会在他的帝位上,干出许多轰轰烈烈的事迹。他很可能要统一天下的文字,焚烧那些无用的杂书。他很可能要整修天下的道路,统一天下的车距。他很可能要在列国长城的基础上,修建一条绵延万里的长城。他很可能要烧制成千上万的陶俑,在地下排列开辉煌的战阵。他很可能要去泰山封禅,派术士到海上求仙。你如果此时刺死他,这些辉煌的业绩,荒唐的壮举,都将成为泡影。按照你那位朋友高渐离的说法,"水涨船高",你的名字,既然要和他联系在一起,就应该和千古一帝的嬴政联系在一起,而不要和眼下的秦王联系在一起。你杀了眼下的秦王,他是主角,你是配角。你能杀而没杀眼下的秦王,他是配角,你是主角。既然是放债,就要争取最丰厚的利息;既然是演戏,那当然要赚取最热烈的喝彩。而且我也说过,世人总是更愿意垂青失败的英雄。先生,让秦宫里的人看到,让天下的人知道,你本来可以杀死秦王,但你为了活捉他,而没有杀死他,这次演出,就算是大获成功!

荆轲 你想让我牵着秦王的衣袖,把舞台一直扩展到荒郊野外?

燕姬 舞台上的戏剧,无论多么拙劣,也会赢得捧场者的喝彩;而旷野里的演出,无论多么卓越,也注定了沉寂无声。秦王的壮丽宫殿无疑是最辉煌的舞台,先生和秦王的戏,应该在这里结束。殿下的甲士和殿上的文臣,都将成为你们的观众;他们的窃窃私语,将成为后代传奇的源头;他们的口传心授,将使你永垂不朽。

荆轲　开场的锣鼓已经响起,但似乎还缺少一件小小的道具。

　　[燕姬摘下铜指甲戴到荆轲的手上。然后戴上秦王面具。

　　[荆轲左手抓住燕姬的衣袖,右手持匕首。两人拉扯着,衣袖欻然断裂。二人相视一笑,心领神会。

第七节　副使

〔同前景。

〔荆轲双手抱头,伏在地上。

〔秦舞阳和狗屠急得如同热锅蚂蚁团团转。

〔高渐离试着荆轲的脉搏。

〔燕姬扮成秦王,冷冷地坐在一旁。

幕后　太子的车驾已经出发了!

狗屠　这可如何是好?

秦舞阳　立即通报太子,就说大侠因严重失眠导致头痛,演习计划取消!

狗屠　早不头痛,晚不头痛,偏偏这个时候头痛……

高渐离　天有不测阴晴,人有旦夕疾病……

秦舞阳　那么多猫头鹰脑袋也没起作用……

高渐离　大侠的病已经不是失眠,而是一种怪症……

狗屠　火烧眉毛了,高先生,你就死马当成活马医,给大侠扎上两针吧!

高渐离　(严厉地)什么话!大侠是一匹骏马,只不过患了点小病。我看,咱们还是暂且退下,让大侠安静一会。

〔高、秦、狗屠下。

荆轲　(缓缓地抬起头,对燕姬)我头痛欲裂,你无动于衷。

燕姬　(抖抖身上衣服)我现在是秦王,难道要我对一个即将刺我的刺客同情?

荆轲　脱下这身黑衣,你就是燕姬。

燕姬　是你们要我穿上这身黑衣。

荆轲　即便穿着黑衣,你也是燕姬。

燕姬　这世上的人,有几个知道自己是谁?

荆轲　是啊,我是即将名扬天下的大侠,还是正犯头痛的小丑?

燕姬　你是即将成为大侠但突然犯了头痛的荆轲。

荆轲　大侠还会患病?

燕姬　大侠也是人,自然也会患病。

荆轲 如果没有昨天那个难忘的夜晚,我也会这样认为;但现在,我认为一个头痛的人是不配做大侠的。只有凡人才会头痛,大侠怎么可以头痛?

燕姬 可你的头的确在痛。

荆轲 大侠没有头痛的权力。

燕姬 大侠也有一颗头颅,有头颅自然就会头痛。

荆轲 就算大侠也可以头痛,但一个头痛的大侠,怎么能去完成这伟大的使命。

燕姬 你是怕了吧?

荆轲 我知道你会这样说。

燕姬 不是我想这样说,是世上的人会这样说。

荆轲 大侠还是没有头痛的权力。

燕姬 你有头痛的权力,但没有以头痛为借口不去完成自己使命的权力。

荆轲 如果我没有头痛,也不去完成这所谓的使命,那会怎么样呢?

燕姬 你竟然让我回答这样愚蠢的问题?

荆轲 我自然知道答案,但我需要你来回答。

燕姬 众人的唾沫会将你淹死。

荆轲 他们会说我是懦夫。

燕姬　对。

荆轲　他们会骂我忘恩负义。

燕姬　对。

荆轲　他们会说我坏了侠道里的规矩，他们会说我是侠道里的败类。

燕姬　对。

荆轲　他们是谁？

燕姬　看来你头痛不是装的，你的脑袋的确出了问题。他们是谁？他们是你的朋友，他们是太子，他们是你，是我，是天下人，即便是秦王知道了，也会瞧你不起。

荆轲　看来这出戏我必须演下去了。

燕姬　未必。

荆轲　难道还有别的选择？

燕姬　你死。

荆轲　怎么死？

燕姬　临阵脱逃，忘恩负义，被太子杀死。

荆轲　还有呢？

燕姬　饮剑自刎，服毒自杀，撞墙自尽，或者跳水自沉，总之，想个办法将自己弄死。

荆轲　然后呢？

燕姬　遗臭万年。

荆轲　而我死在秦国大殿上就会流芳百世。

燕姬　你的头还痛吗？

荆轲　似乎轻了一些。

燕姬　是不是可以让太子的车驾出发？

荆轲　慢着。我毕竟是一个活生生的人，眼见着就要去送死。

燕姬　是人就要死。

荆轲　你希望我怎样死？

燕姬　我希望你不得好死。

荆轲　不得好死？

燕姬　在秦宫中让甲士剁成肉泥。

荆轲　太子说过，你是秦王身边人，为他司梳头之职。我想，你站在他的身后，用你柔软的酥手，抚摸着他的头颈，你身上的香气，让他心醉神迷……

燕姬　何须那么多铺垫？秦宫里的女人，都是秦王的东西，他想怎的就怎的。

荆轲　我是说你，你对他是不是动过真情？

燕姬　让我动过真情的，是我故乡的一个羊倌，他站在山顶上，放声高唱："与妹妹立下山盟海誓~~要分开除非东做了西~~"

荆轲　你恨秦王?

燕姬　不。

荆轲　他拆散了你们的姻缘。

燕姬　能拆散的姻缘不算姻缘。

荆轲　你恨太子?

燕姬　不,他没有什么对我不起。

荆轲　你说过,他将你像一件物品一样赠送给我。

燕姬　也许,我该对他心存感激。

荆轲　这么说,你并不厌恶我?

燕姬　你是即将名扬天下的大侠啊!

荆轲　你想不想知道我是什么人?我是说,你想不想知道我的历史?

燕姬　我没有堵住你的嘴巴。

荆轲　我曾经欺负过邻居家的寡妇。

燕姬　好。

荆轲　我还将一个瞎子推到井里。

燕姬　好。

荆轲　我出卖过自己的朋友,还勾引过朋友的妻子……总之,我干过你能想到的所有的坏事。

燕姬　你像一条蚕,不断地排出粪便,剩下满肚子银丝,你已经接近于无限透明。

荆轲　为了赎罪,我才背上一把剑,当上侠客,不惜性命,干一些能够让人夸奖的好事。

燕姬　我欣赏你的反思。一个能够将自己干过的坏事说出来的人,起码算半个君子。

荆轲　因为我把你当成了亲人,因为我爱上了你。

燕姬　你爱的是你自己。

荆轲　从你身上我看到了我自己。

燕姬　这么说我成了你的镜子?

荆轲　我也是你的镜子。

燕姬　那就让我们互相照一照吧。

荆轲　我看到了一个怯懦的人。

燕姬　也是一个勇敢的人。

荆轲　一个暧昧的人。

燕姬　也是一个明朗的人。

荆轲　一个小人。

燕姬　也是一个伟人。

荆轲　合起来就是我?

燕姬　也是我。

荆轲　我就是你,你也是我。

燕姬　其实都是普通的人。你的头还痛吗?

荆轲　似乎不痛了,但还是有些麻木。

　　　〔燕姬脱掉外衣,露出红妆。

燕姬　太子说过,我是治你病的良药。

荆轲　我想把你抱进卧室。

燕姬　只要你想,这里就是卧室。

荆轲　我还有一件大事没有决定。

燕姬　挑选副使。

荆轲　聪明!

燕姬　女人都爱耍小聪明。

荆轲　那么,你说,我该选谁做副使?

燕姬　我。

荆轲　你?

燕姬　穿上男装就是一个英俊少年。

荆轲　你也想流芳百世?

燕姬　我怕你路上失眠,更怕你在紧要关头犯了头痛。

荆轲　看来你是最合适的副使。

燕姬　这是大事,还请三思。

荆轲　吾意已决,何必犹疑。

燕姬 你应该想到,我也许会向秦王通风报信。

荆轲 女人都爱看戏,你不会让一出好戏提前闭幕。

燕姬 你应该想到,我也许在路途上找机会杀你,譬如在你的酒里加上毒药——

荆轲 死得很传奇。

燕姬 趁你睡觉时用刀抹了你的脖子。

荆轲 在睡梦中被女人杀死是一件风流韵事。

燕姬 你应该想到,也许我会找机会逃走。

荆轲 那我会嗅着你的气味追你。

燕姬 我有气味吗?

荆轲 你有独特的气味。

燕姬 如果你将我追上……

荆轲 那就是范蠡和西施的故事了。

燕姬 接下来呢?

荆轲 男耕女织,生儿育女。

燕姬 你的头还痛吗?

荆轲 你似乎看透了我。

燕姬 你是我的主人啊!

荆轲 (高声传呼)请太子车驾起行!

第八节 杀姬

[荆轲豪宅,舞台设置与第三节相同。

[秦王偶像撤除。

[太子丹一条胳膊用绷带吊起,与随从站在舞台一侧观看实战演习。

[燕姬戴面具扮秦王侧对观众,坐在舞台中央。

[秦舞阳、狗屠扮侍卫立在燕姬身后。

[幕后传呼:"荆卿请示太子殿下,演习是否开始?"

太子 开始。

[音乐声起。

[秦舞阳和狗屠交替传呼九次:"大王有旨,传燕使上殿——"

[在传呼和音乐声中,荆轲手捧木匣,高渐离手

捧地图,先并足而行(象征登上台阶),然后跪地膝行,渐渐靠近燕姬。

荆轲 (顿首)燕使参拜大王,祝大王万岁万岁万万岁。

燕姬 将那燕丹之书读来。

荆轲 (取出书信,展读)罪臣燕丹顿首大王陛下:曩者,臣丹愚昧无知,误听宵小之言,夜亡上国,辜负大王厚遇,酿成千古大错。每每思之,悔之莫及。今遣使荆轲,将叛将樊於期首级并督、亢地图,敬献于大王陛下。臣已说服燕君,愿将穷僻之小燕,置大秦羽翼之下为属国,岁贡黄金万两,锦缎千匹,玉璧十双,东珠百颗。书不尽意,臣丹泣血顿首遥祝大王万岁万岁万万岁。

燕姬 这厮还算知趣。燕使荆轲,将那樊於期的首级献上来。

〔荆轲手捧木匣,膝行上前,然后退下。

燕姬 (开启木匣,冷笑)樊将军别来无恙?(环视周围)叛我者都是这等下场!将督、亢地图献上。

〔高渐离又欲膝行上前,省悟,退后,将地图交给荆轲。

〔荆轲捧地图膝行上前。

〔荆轲协助燕姬展示地图。

〔图穷匕首见。

〔荆轲左手抓住燕姬袍袖,右手持匕首,刺入燕姬胸膛。

燕姬 （摘下秦王面具）西施……范蠡?

〔众目瞪口呆。

荆轲 那只是一个传说。

〔燕姬伏地而死。

荆轲 （膝行转身向太子）燕姬乃秦王奸细,屡屡动摇我刺秦决心,荆轲为殿下除之。

太子 （用袍袖遮面）呜呼,燕姬!（片刻后）尽管眼前的刀光血影,污染了我的眼睛,但荆卿啊,你越来越像一个大侠了!

荆轲 多谢殿下赞颂。

太子 荆卿何时可以成行?

荆轲 明日午时,辞别殿下启程。

太子 副使人选可是高先生?

荆轲 高先生智谋深远,剑术精湛,留在殿下身边,可为栋梁股肱,不必跟随荆轲,去做无谓牺牲。（高渐离跳起来）——刺秦副使,秦舞阳足可任用。（秦舞阳

跪倒在地)

高渐离 (扑到燕姬身边痛哭)呜呼,这真是一部精心策划的杰作啊,侠肝义胆美人血……什么因素都不缺了,成了,成了,成大名了……

太子 (向荆轲)他在啰唆什么?

荆轲 高先生讲的似乎是人生哲学。

太子 怪不得这样深刻。

第九节 壮别

［易水边。

［舞台中铺一席,席中置一几,几上有酒器。

［高渐离击筑,乐声悲愤。

［荆轲背剑、木匣。

［秦舞阳背地图及行囊。

［狗屠背剑,无聊地站在一旁。

［太子依然吊着胳膊,伴着随从。

太子 （跪在席上,举酒祝祷）皇天后土,过往神灵。佑我大燕,助我荆卿。一路顺遂,抵达秦境。刺杀暴君,天下和平。

［太子行奠酒之礼。

太子 荆卿,秦卿,请入席。

［荆轲和秦舞阳卸下行囊，跪坐几案前，与太子相对。

［太子亲为荆轲和秦舞阳斟酒。

［狗屠在一边，尴尬地转来转去。

太子 （举杯）荆卿，秦卿，请干了这杯酒，以壮行色！

［三人干杯，干杯后相互拜。

［太子再为二人斟酒。

太子 （举杯）二位爱卿，请再干一杯酒，愿天遂人愿，马到成功！

［三人干杯，干杯后相互拜。

［太子再斟酒。

太子 （举杯）二位大侠，盖世英雄。丹之再生父母，燕国人民的救星。请干了这第三杯酒，易水壮别，天地动容；引颈西盼，捷报早传！

［三人干杯。

太子 （传呼）船来——渡荆、秦二卿过易水！

［众立起。秦舞阳欲行。

［荆轲稳坐，低头沉思。

太子 （惊慌地）荆卿，难道你反悔了吗？

荆轲 侠士一言九鼎，焉能反悔？

太子　难道还有什么事情没有齐备吗?

荆轲　万事俱备。

太子　(注目秦舞阳)可要调换副使?

高渐离　(匆忙膝行至太子面前)微臣愿为太子效命。

狗屠　(匆忙膝行至太子面前)狗屠愿像杀狗一样把秦王杀死。

秦舞阳　(匆忙跪在荆轲面前)荆卿,荆大哥,舞阳四肢发达,头脑简单,一切听您调遣,您让我怎么样,我就怎么样,决不调皮捣蛋。

荆轲　副使是我亲自擢选,不须调换。

太子　(疑惑地)那就请荆卿尽早上船。荆卿如有什么要求,请尽管直言。为了刺秦救燕,我燕丹,连这颗愁白了的头颅,也可以奉献。

荆轲　荆轲孤身一人,无牵无挂无所求。

太子　那荆卿欲行又止,迟疑不发,到底是为了什么?

荆轲　微臣在考虑一个问题。

太子　(急切地)什么问题?

荆轲　我为什么要杀燕姬?

太子　(长舒一口气)荆卿亲口所言,燕姬乃秦王奸细。

荆轲　我在想,她也许是殿下派来的卧底。

太子　荆卿万勿多疑,本宫可以对天盟誓。她只是我身边一个略有姿色的女人,送给荆卿,消烦解闷而已,哪里是什么卧底?

荆轲　殿下,田光先生因为您一句话而自刎,为的是太子对他有所怀疑。燕姬在微臣面前屡屡渲染秦宫的森严和秦王的威仪,言外似乎含有深意。微臣猜想是殿下怀疑我刺秦之意不坚,特派燕姬前来试探。如果是这样,微臣愿意死在这易水河边,向殿下表明心迹,刺秦之事,请殿下另派忠义之士。

太子　呜呼荆卿,燕丹不才,也知道用人不疑的道理。您是田大侠以死荐举之人,本宫如果怀疑,怎么对得起田大侠那番情义?荆卿,你死了,燕国就要灭亡啊。就让本宫在你面前自刎了吧,如其蒙受这天大的冤屈,活着,还不如死去。

〔太子拔剑做出欲自刎状,被左右侍卫拦住。

荆轲　殿下不要轻生,您的性命,关系到燕国的江山社稷。

太子　那就把这颗卑贱的头颅,暂时寄存在颈上,为的是等待荆卿的胜利消息。但本宫送人不当,使荆卿心生疑忌,这是我的过错。头可以留下,但惩罚不能免却。我知道碍于情面和礼仪,你们谁也不会对我动手,那就让我自己……(尖利地)批颊二十,向荆卿表明我的心迹。(拔出剑)你们谁也不要拦我,谁敢拦我,我就伏剑而死!

[太子抽打着自己的面颊,一边抽,一边自己报数。

高渐离 (以手捶胸)糊涂的殿下啊……殿下好糊涂啊……你让微臣百感交集……

荆轲 殿下,燕姬不是您的卧底,那她就是秦王奸细?

太子 是的,她原本就是秦王身边之人,我一直就对她心存疑忌。把她送到你的身边,就是要看她如何表演。感谢荆卿,替我,也替燕国除了一大隐患。

荆轲 这么说,我没有杀错?

太子 没有杀错。

荆轲 没有杀错,没有杀错。(站起,狂笑)

太子 绝对没有杀错。

荆轲 没有杀错,其实就是杀错了。看起来杀的是她,其实杀的是我自己。呜呼,燕姬……

[荆轲再次坐下。

太子 请先生上船!

荆轲 船来了吗?不,还没有来。望殿下少安毋躁,荆轲不走,是因为高人未到。

太子　什么高人?

荆轲　(神秘地)吾与高人有约,今日午时三刻,他将乘船,从天河飘来。

　　　　［众人茫然相顾。

高渐离　故弄玄虚,掩饰卑怯心理。

太子　这个世界上,难道还有比荆卿更高的人吗?

荆轲　与他相比,荆轲只是一具行尸走肉。

高渐离　越弄越玄了。

荆轲　(立起,仰望长天)高人啊,高人,你说过今天会来,执我之手,伴我同行,点破我的痴迷,使我成为一个真正的人。高人啊,我心中的神,理智的象征,智慧的化身,自从你走后,我食不甘味,寝不安席,回首来路,污泥浊水,遥望前程,遍布榛荆。茫茫人世,芸芸众生,或为营利,或为谋名。难道这就是人生的意义吗?难道这就是生活的真谛吗?是的,如果我将这场戏演完——我会将这场戏演完的,我必须将这场戏演完,为了你们这些可敬的看客!——我知道史官会让我名垂青史,后人会将我奉为英雄。但名垂青史又怎么样?奉为英雄又有什么用?可怕的是在这场戏尚未开演之前,我已经厌恶了我扮演的角色,可怕的是我半生为之奋斗的东西,突然间变得比鸿毛还轻。高人啊高人,你为何要将我从梦中唤醒?我醒来,似乎又没醒,我似乎明白了,但似乎还糊涂,我期待着你引领我走出黑暗,但在这黑暗和光明的交界处,你却扔下我飘然而去,仿佛化为一缕清风。我本来可以随你而去,但临行时却突然失去了勇气。我用自己的手杀死了这个超越自我的机会,我的手不受我的控制。我梦到你让我在这古老的渡口等你,等你渡我,渡我到彼岸,但河上只有越来越浓的雾,却见不到你的身影。眼见着众人暧昧的面孔,耳闻着好汉们的嗤笑讥讽,羲和的龙车隆隆西去,易水的浊浪滚滚东行,却为何听不到天河里的桨声?你会来吗?你还来吗?我知道你不来了,我不配让你来,我不敢让你来,你要真来了我怎么敢正视你的眼睛?我的孤魂在高空飘荡,盼望着一场奇遇,到处都是你的气味,但哪里去找你的踪影?我在高高的星空,低眉垂首,俯瞰大地,高山如泥丸,大河似素练,马如甲虫,人如蛆虫,我看到了我自己,那个名叫荆轲的小人,收拾好他的行囊,带着他的随从,登上了西行的破船,去完成他的使命……

荆轲 （突起尖利高腔,似河北梆子与河南豫剧糅合而成的声调）"开弓没有回头箭~~扁舟欲行兮心茫然~~心茫然兮仰天叹~~雁阵声声泪潸然~~知我心者在何处~~乱我意者是婵娟~~平生无爱兮悔之晚~~头颅早白兮叹流年~~风萧萧兮易水寒~~壮士一去兮不复还~~"

　　［荆轲背起行囊,下,秦舞阳随下,频频回首。

高渐离 （猛击筑,悲愤地）家有贤妻,可令愚夫立业;世无英雄,遂使竖子成名……

太子 （鄙夷地）他又在啰唆什么?

随从 （谄媚地）大概还是人生哲学,殿下。

狗屠 （举剑突向太子）燕太子丹,我要刺你——

　　［太子身后侍卫轻松地将狗屠手中剑击落。

　　［狗屠爬行,捡起剑,再刺。剑再次被击落,人也被踩在地上。

太子 你这可恶的狗屠,本宫与你无怨无仇,为何刺我?

狗屠 十年前,你乘车路过我家门前,压死了我家一只母鸡。我为我家那只母鸡刺你——

太子 想出名想出毛病来了吧?（对侍卫）捆起来,扔到河里喂鱼!

狗屠　殿下,您仁义之名播于四海,如果把我扔到河里,对你的名声也是个伤害。

太子　那你想怎么着?难道我就老老实实让你刺死?

狗屠　(鹦鹉学舌般)臣闻明主不掩人之美,忠臣有死名之义。今日,我是该死,唯求殿下外衣,让我以剑击之。一则实现了为我家母鸡复仇的心愿,二来将仁人君子的名声赠你。

太子　(嘲讽地)这事儿听起来怎么这般耳熟?哦,想起来了,是高先生为你们讲过的豫让刺赵襄子故事。想成名呢,也不是什么坏事;别跟在人家屁股后边学样儿,多少有点自己的创意。

狗屠　我一个杀狗的,你还要我怎么的?能学成这样,已经很不容易。

太子　好吧,狗屠,看你为人还算诚实,本宫今日就成全了你。(脱下袍子,扔在狗屠面前)

　　　　[狗屠仗剑,跳跃连击三次。

太子　(冷冷地)接下来呢?要不要高先生再教教你?

狗屠　伏剑自刎?这也忒他妈痛了,我还是跳河吧,这也算是我的创意!

〔狗屠跑下。

太子 （对随从）扔两块石头下去,别让这"丫"潜水跑了。

高渐离 （站起,抱筑下）戏到终场,我却越来越糊涂啦!

太子 （对随从）去,把他的眼睛挖出来,他看的戏太多了。

〔太子与随从下。

第十节　刺秦

　　［秦宫殿。

　　［秦王端坐,身后侍卫数人,均赤手。

　　［音乐声起。

　　［九声传呼（可简略）:"大王有旨,传燕使上殿——"

　　［荆轲捧匣,秦舞阳捧图上殿。

　　［至膝行阶段,秦舞阳浑身哆嗦,如同狗爬。

秦王　那个秦舞阳,表演的是什么特技啊?

荆轲　大王,他是村里来的人,没见过大场面,更没见过天子尊严。还望大王宽恕,让他完成他的任务。

秦王　荆轲,你为什么不哆嗦呢?

荆轲　禀大王,微臣的肉不哆嗦,但微臣的心在哆嗦。

秦王 真会说话。燕丹的书,寡人已经看了,你将那樊於期的首级献上来吧。

　　［荆轲膝行上前,献上首级匣子。

秦王 (开匣)呸,樊於期,你这狗头,到底没逃出寡人的手心。(对左右)拿下去,煮熟了喂狗。

　　［身后一侍卫捧下匣子。

秦王 荆轲,将督、亢地图献上来。

　　［荆轲从秦舞阳手中接过地图,膝行上前。

　　［秦王接图,展示。

　　［图穷匕首见。

　　［荆轲左手扯住秦王袍袖,右手持匕首,抵在秦王胸口。

荆轲 嬴政小儿,跟我去燕国,向太子殿下谢罪!

　　［秦王后退,二人渐渐拉开距离,力量集中在袍袖上。

　　［一声响亮,袍袖断裂。

　　［秦王膝行逃,荆轲膝行追。

　　［秦舞阳满地狗爬。

　　［秦王站起来绕着柱子跑,荆轲站起来绕着柱子追。

［秦王在奔跑中拔剑，急切中拔不出。

［一个药囊子击中荆轲。

［幕后呼："大王负剑！大王负剑！"

［秦王把剑推到背后，长剑出鞘。

［秦王回身，一剑击中荆轲大腿。

［荆轲摔倒。

［秦舞阳趴在地上，已经吓死。

［秦王对荆轲连刺数剑。

［荆轲劈开腿坐在地上。

荆轲　（高呼）痛恨秦绢不牢，使我功败垂成！

　　　［高台上又出现一个秦王。

秦王　荆轲，你往这里看！

荆轲　（疑惑地）你⋯⋯

秦王　寡人才是真的秦王！

荆轲　上邪——

　　　［荆轲抓起匕首飞掷高台上之秦王。

　　　［秦王中匕首倒下。

荆轲　（狂笑）虽不能生擒，杀之也足可成名！

　　　［从立柱后又转出一个秦王。

秦王　（温柔地）荆轲啊，你看看我是谁啊？

〔荆轲艰难回首。

秦王 寡人才是真正的秦王啊。

荆轲 呜呼,燕姬!我已经嗅到了你的气味,我这就去做你的范蠡。

〔荆轲仆地而死。

秦王 (冷冷地)你以为刺杀一个元首就那么容易?!连那些暴发户都有两个替身。

〔幕后高声诵读:"五年之后,高渐离以盲人乐师身份,上殿为秦王演奏,以灌铅之筑掷秦王。"

〔高渐离跑上,飞筑掷秦王,被卫士拿下。

高渐离 (悲壮地)嗟乎,我也成了名了!

秦王 小小一个燕京,怎么会有这么多想出名的人?不把这些家伙消灭干净,天下就不会和平。(对左右)抬下去,活埋!

——剧终

霸王别姬

(七节话剧)

剧 中 人 物

项羽——西楚霸王,虞姬的丈夫。

虞姬——项羽的妻子。

吕雉——汉王刘邦的妻子。

范增——项羽的谋臣,被项羽尊称为"亚父"。

乌江亭长。

楚军侍卫数人。

第 一 节

〔一轮圆月高悬,熠熠生辉。在本剧中,圆月是时间的象征,是历史的见证。

〔圆月朗照着垓下西楚霸王的气势粗犷的大帐。帐后插着标有"西楚"、"项"字的大纛。项羽按照当时的习俗屈膝跪坐,面前一几,几上放着一个古朴的酒器。几上插一支燃烧将尽的红蜡头。一侍卫持戟帐外肃立。帐壁上悬挂着一柄长剑。

〔幕后传来军营打更的梆子声。

〔红烛渐渐熄灭。

项羽 (暴躁地)侍卫!

侍卫 (机械地)大王。

项羽 秉烛!

侍卫　大王,这是最后一根蜡烛。

项羽　(搬起酒器往黑红花纹的髹漆大碗里倒酒,只倒出几滴)拿酒!

侍卫　大王,这是最后一樽酒。

项羽　(推倒樽,抛掉碗,跳起来,踢翻几。凄凉地)最后一根蜡烛熄灭了,最后一樽酒喝完了。这么说,我的末日已经到了……

侍卫　(黯然地)大王……

项羽　(仰望明月,喟然长叹)苍天啊苍天!你不公道啊!你善恶不分,良莠不辨,你算什么苍天!你说,(指着那轮明月)你说!

侍卫　(惊恐地)大王,您醉了。

项羽　(狂笑)我醉了?!(指明月)是你醉了!是他醉了!是苍天醉了!

侍卫　(顺从地)对,他醉了。

项羽　(沮丧地低下头)他醉了……你醉了……我也醉了……这么说我们都醉了……(猛地抬起头)你,你怎么还在这里?我早就让你去接我的夫人,我的虞姬,你为什么还在这里?难道我的将令你们也敢不听了吗?

侍卫 大王,遵照您的命令,已经派出了八彪人马去接夫人了!

项羽 那为什么我的虞还不见归来?啊,我明白了,你们欺负我喝醉了,编了这些动听的谎言来骗我,其实,你们根本就没派出过一兵一卒!(猛地将侍卫揪起来,然后像甩童稚一样将他甩出去)你们以为我喝醉了?我也想痛痛快快地醉一次,可是你们这些寡淡如水的劣酒,你们这些浅薄苦涩的村醪没有胆量让我醉!你们醉不了我!我要砍下你的脑袋,让那些胆敢违抗我的将令的人,看看同类的下场!(拔剑出鞘,怒指侍卫)

侍卫 大王饶命!的确已经派出去八彪人马寻找夫人了……

项羽 那为什么夫人迟迟不到?

侍卫 大王,敌军围困万千重,只怕夫人她进不来了……

　　〔项羽持戟仗剑,踉踉跄跄欲往外走,被侍卫拉住。

侍卫 大王,您不能出去……

项羽 你随我去接夫人进来!

侍卫 大王啊!那刘邦布下了天罗地网,别说是人,就是一只鸟,也飞不出去!

项羽 (扔掉剑戟,手指侍卫)你说,那刘邦是个什么东西?

侍卫 大王,他不是东西。

项羽 我乃楚国名将之后;他是市井无赖之徒。我力能拔山扛鼎;他手无缚鸡之力。我宽厚仁爱,堂堂正正,言必信,行必果;他奸诈刁滑,鼠窃狗偷,背信弃义。我自举义以来,身经七十余战,战无不胜,攻无不克;他贪生怕死,屡战屡败。可是,为什么我却被困在这垓下,粮草断绝,烛灭酒干?你说!这到底是为什么?!

侍卫 (胆怯地)大王,这苍天,确实是醉了……

项羽 (指着圆月)你说!你既是苍天的代表,那么请你开口说话!(月亮宁静地吐着清辉)你不开口,你装聋作哑,你什么都看到过,你什么都明白,但是你不开口……虞姬,我的亲人!你在何方?想当年我们跪在明月之下发愿心,死要同穴生同衾,可如今,在这铁壁合围之中,粮草断绝,酒干烛灭,只剩下我这孤家寡人……

〔项羽沮丧痛苦,摇摇晃晃跪在地上。

〔灯光暗下去。

　　　〔幕后传来苍凉的楚歌声："芦苇苍苍兮明月光光,秋风凄凉兮白露为霜。父母妻子在何方,征夫思故乡……"

项羽　（侧耳听楚歌,惊慌地）难道汉军把我们楚地都占领了吗？有这么多楚人在歌唱？

侍卫　大王,这是汉军在唱。

　　　〔楚歌声又起。

项羽　这一定是张良那个奸人替刘邦出的主意。他要让这凄凉的楚歌动摇我的军心。

侍卫　（被楚歌打动）大王……

项羽　我还有多少人马？

侍卫　大王,逃走了很多,大约只有八百骑了。

项羽　包围我的汉军有多少？

侍卫　大王,有三十万。

项羽　派去寻找夫人的人有没有消息？

侍卫　大王,没有消息。

项羽　（暴怒）再派人去！

侍卫　大王,汉军已把我们重重包围……据将校们传言,韩信早已攻破彭城,夫人她……只怕早已落入了刘邦手里……

项羽 （从帐壁上拔出剑来）胡说！

侍卫 大王……

项羽 （猛地把剑插在地上，低垂下头颅，楚歌声起，他缓缓抬起头来，眼睛里闪烁着泪花）虞呵，虞，你在哪里？（缓缓地站起来）莫怪士兵们乘夜潜逃，连我听了这悲凉的楚歌，也不由得黯然神伤。八年前，八千子弟跟随我西渡长江，那时候，爷娘送儿子，妻子送情郎。你们都想跟着我建功立业，封妻荫子，却想不到落了个如此下场。兄弟们啊，我项籍对不起你们；苍天啊，你欺负我项籍；月亮啊，你沉默不语；虞啊虞，你生死未卜……是我项籍辜负了你，是我这莽汉伤了你的心。月亮啊，在你的辉光下我们玩耍游戏，在你的抚摸下我们结成夫妻，在你的注视下我们伤情别离，在你的帮助下我们能不能破镜重圆？月亮，月亮，你这千古的媒妁，能不能告诉我，我的虞在哪里？月老啊月老，你能不能抛下万丈的红线，引来我宝爱的新娘？虞啊，我从来没有像今夜这样思念你，我从来没有像现在这样需要你。我多么想把我沉重的头颅伏在你光滑的膝盖上歇息片刻，我多么想让你柔软的小手抚摸我的颈项,像从前那样,像慈爱的母亲抚摸顽皮的儿子那样……

侍卫 （哭泣）大王啊……我们的大王……

　　　〔幕后高呼:"夫人到……"

项羽 （惊喜交加）是我的虞来了吗?（拭泪,像顽童般雀跃）是我的虞你来了吗? 虞……

　　　〔吕雉着一袭白色长裙,面罩轻薄白纱,款款而上。

项羽 （大喜过望,扑上去,将吕雉抱起,转圈）虞,我的虞,我的心肝,我的至宝,你终于来了!（胡乱地吻着吕雉的头、脸、脖子,吕雉一声不响）虞,我是不是做梦?（放下吕雉）你是怎么来的?是月亮让你来的吗?

吕雉 （缓缓地揭开面纱）是汉王让我来的。

项羽 （恍惚,惊愕）你……你是谁?

吕雉 （冷笑）大王难道不认识我了吗? 不是大王你把我作为人质在楚营里羁押了三年吗? 不是大王你把我作为筹码与汉王签订了鸿沟和约,才把我……赶回汉营的吗?

项羽 （清醒,恼恨）你这个……

吕雉　（冷冷地）荡妇？贱人？

项羽　（阴沉地）刘邦派你来干什么?！是让你来做劝降的说客吗？（拔剑将几挥成两半）你，你们打错了主意。别说我营中还有八百兵马，就是我项羽孤身一人，也要让汉军堆尸如山，血流成河！

吕雉　（微笑）对着一个柔弱的妇人发怒，不是大王您的本色。

项羽　（余怒未消）你想说什么？

吕雉　（看一眼侍卫）有肺腑之言想对大王倾吐。

项羽　（对侍卫）退下！

　　　〔侍卫下。

项羽　难道我还怕你行刺?！

吕雉　（微笑）大王力敌千军，别说我吕雉一个妇人，即便是十员勇将，也近不了……大王您……青春的身体……（挑逗地直视项羽）

项羽　（避开她的目光，捡起酒器，倒酒，无，掷器于地，烦恼地）有话快说。

吕雉　（叹息）想不到英名盖世的西楚霸王，帐中竟然没有止渴的酒浆……

项羽　（烦躁地）快说！

吕雉　（挑逗地）在这明月朗朗的温柔之夜，年轻壮美的男人身边，竟然没有多情的娇娘……

项羽　（暴怒）你要逼我将手中的宝剑砍在你的身上?!

吕雉　（大笑后，正色）大王息怒！你想不想知道汉王现在在干什么？

项羽　你休要提起他的名字，对这背信弃义的小人，我恨不得将他剁成肉酱！

吕雉　（冷笑）不，你想知道，我也必须让你知道。（趋前两步，目光炯炯，逼视项羽）在这围外的安全地方，扎起了汉王高大的军帐，帐中铺敷了厚厚的毛毯，一盆炭火烧得很旺。汉王享用着羊羔美酒，有一个绝代佳人在他身旁，他二人交杯换盏眉目传情，今夜就要共枕同床……

项羽　（厌烦地）住嘴吧，妇人，我不想听那刘邦的流氓行状。

吕雉　汉王他喜好醇酒美人，见一个爱一个习以为常，但这次的欢爱非同以往，说出来只怕大王要怒火万丈……

项羽　（厌烦，警觉）你这巧舌如簧的妇人，到底要耍什么花样？

吕雉　我的大王,我的……傻大王啊!你难道还没听出我的弦外之音?那美人就是你的虞姬娘娘!

项羽　(如雷贯耳,目眩状,片刻,觉悟,仰天大笑)你以为我项籍是三岁小儿吗?给你出这毒计的是陈平还是张良?你们用楚歌动摇了我的军心,又妄想用这谎言来瓦解我的斗志。我的虞她远在彭城,怎能到了那刘邦的军帐?!滚吧,你这心如蛇蝎的女人!

吕雉　大王难道不知,韩信已于半月前攻破了彭城?

项羽　即使韩信攻破了彭城,我的虞她宁愿杀身成节,也不会奴颜婢膝去服侍刘邦。

吕雉　(从怀中取出一块玉佩,递给项羽)大王想必认识这块美玉?

项羽　(震惊)这是我和虞的定情之物,怎能到了你的手边?

吕雉　(冷笑)我当然知道这是你们的定情之物,我更知道你为思念她对着月亮发狂。但是,我的傻大王,当你在这里想断肝肠时,她已经把这美玉献给了汉王。

项羽　(暴怒)毒辣的妇人!无耻的刘邦!一定是你们杀害了我的虞姬,抢走了她的美玉。(拔剑)刘邦逆子,你害了我的虞,我也要让你的吕雉碎尸万段!

吕雉　（大胆地迎上去，双目如电，逼视项羽）大王，能死在你的剑下，吕雉将含笑九泉，汉王也会拍手称快。

项羽　（将剑回抽）唔？

吕雉　你知道汉王为什么派我来？

项羽　（冷笑）劝降！

吕雉　那么你知道我为什么要来？

项羽　（看看手中的玉佩）造谣，撒谎！

吕雉　我的傻大王啊，你不了解刘邦。你只知道刘邦对敌人奸诈狡猾，反复无常，但你不知道他毫无人性，对妻子儿女也是肆意损伤。他的心中只有帝位和他自己，为了那顶王冠，他可以出卖亲爹亲娘。三年前他在彭城轻车出逃，两次把我那两个娇儿从车上推下……他身边有成群的女人，我们的夫妻关系早已名存实亡。他这次派我来，明着是让我劝降，实则是想借大王的手，取我的性命，为扶正他的宠姬扫清障碍。

项羽　（冷笑）那你为什么要来？

吕雉　（怨恨地）大王，你不了解我……我这颗女人的心……我虽然贵为汉王正室，但心中存着一个幻想。大王啊，楚汉争斗，血流成河，尸横遍野，为了什么？

就为了你们二人争一个帝位？大王啊，你是用情专一的美男子，天下的女人都把你向往。我吕雉虽然得不到你的身体，但死在你的剑下，也不枉了为女人一场，我的傻大王……你难道看不出吗？我是为了爱你而来，我要你舍弃这虚幻的王位，带着我远避他乡，去过一种男耕女织的田园生活。我愿把这干渴的身体献给大王，我愿把颗滚烫的心化在你的身上。

项羽　（大笑）你编造了一篇多么动听的谎言！我有我的誓同生死的虞，怎会携上仇人的妻子……你这半老的女人私奔，荒唐！

吕雉　（尖利地，羞恼地）我虽然比不上你的虞年轻貌美，但她死之后，这普天之下，也只有我才配做你的新娘。

项羽　（惊愕）你说什么？你说我的虞死了？！

吕雉　（故做掩饰状）没有，我没说……

项羽　你这贱人！快说，我的虞到底在哪里？

吕雉　（故做掩饰状）她……她在汉王的军帐……

项羽　（左手抓住吕雉的背，右手将剑横在吕雉颈前）她在哪里？！

吕雉　（故做悲伤）我那可怜的妹妹，倾国倾城的美人，她……她已经自缢身亡……

项羽　（痛极，手中宝剑落地，身体一软，跪在地上）虞……

吕雉　（试试探探地伸出手，抚摸着项羽的头。温柔动情地）大王……阿籍……子羽……你这可怜的孩子……人死不能复生，红颜终究薄命，就让姐姐的手，代替妹妹的手，抚去你脸上的泪痕，就让我的胸膛，代替她的胸膛，温暖你的心房……

　　〔幕后传呼："夫人到……"

　　〔虞姬身着一袭红裙，宛如一团移动的火焰，跟跟跄跄地上。

　　〔项羽猛地推开吕雉，怔住。

　　〔吕雉大惊失色。

虞姬　（不相信眼前情景，痛苦万端地）你——

第 二 节

［伤感的琴声中，灯光渐暗。天幕上那轮圆月吐放清辉，照耀着那座古老的桥梁。

［马蹄声起，钢琴声止。

［虞姬做乘马舞蹈状上。

［战马嘶鸣。虞姬做被战马掀下状。

虞姬 （站起来，痛苦地）马儿，马儿，为什么要扬起前蹄，把我掀下鞍桥？难道我的痛苦还不够深重吗，你也要来雪上加霜？难道你不是我从江东骑来的骏马？难道你不思念故乡？难道你与那负心的人儿一样，迷恋在灯红酒绿的秦宫里不能自拔？难道你也是喜新厌旧的轻薄儿，有了新衣衫，便扔掉旧衣裳？（走上古桥，举头望月）月亮啊月亮，你是我们俩爱情的见证,想当年我俩在你的光辉下双双起誓,生要同衾,死要同穴。他发誓的声音还在我的耳边回响,可他的心已经献给了那些妖姬淫娃。月亮啊月亮,秦地的一切都是这么陌生,只有你是我江东的故旧,我只有对着你倾诉衷肠。我该怎么办?难道就这样离他而去,让我们三年的恩爱付之流水?你这个冤家,我是这样地恨你,可又是这样地割舍不了你,月亮,你救救我这进退两难的女子吧……

[马蹄声起,项羽持马鞭上。幕后群马嘶鸣,表示项羽是带着若干侍从追来。

项羽 (嘲讽地)夫人,你是出来赏月呢还是练习骑术?

虞姬 (反唇相讥)这是谁?身披着锦绣的龙袍,头戴着黄金的冠冕,侍从如云,妻妾成群,该不是死而复生的秦始皇吧?!

项羽 夫人!

虞姬 (嘲讽)可这人一张口,又是满嘴的江东口音,听来很像那个避祸江东,为人家看家护院,放牧牛羊的阿籍。

项羽 (怒)夫人!

虞姬 谁是你的夫人?我的丈夫已经淹死在秦宫的胭脂

水里,我是一个守寡的民女。

项羽 虞,你太任性了,你太不给我脸面了。你深夜私奔,成何体统?你让我堂堂联军统帅如何见人?

虞姬 我说了,我与你素不相识,更不是你的夫人。我是明逃还是私奔与你无关!我是死是活,与你何干?!

项羽 (软下来)虞,别耍小孩子脾气了,跟我回去吧。
(上前拉住虞的手)

虞姬 (甩开项羽的手)别碰我,别让你那只摸遍了秦宫女人的脏手,玷污了我的肌肤。

项羽 (恼怒地)虞,你不要听信那些流言蜚语。

虞姬 难道你没坐过秦始皇的龙椅?

项羽 坐过,我不但坐过他的龙椅,还躺过他的龙床。

虞姬 (冷笑)听说你还临幸了秦宫的三千美女?

项羽 我让她们躺在地上,踩着她们的肚皮走了一趟。

虞姬 (嘲讽地)大王果然是盖世英雄!

项羽 十几年前,秦始皇游会稽时,我就说过"彼可取而代之",我终于实现了自己的理想。

虞姬 这么说,你要留在这里称帝了?

项羽 这是亚父的强烈愿望。

虞姬 你真的要成为第二个秦始皇?

项羽 这是大事,我正要与你商量。

虞姬 跟我商量?龙椅你坐了,龙床你躺了,龙女你踩了,你还跟我商量什么?至高无上的皇上,什么时候举行登基大典呀?

项羽 虞啊,你能不能好好跟我说话?能不能让你的话语中少些锋芒?我记得从前你可不是这样。推翻了暴秦大家都欣喜若狂,唯独你还对我嘲讽诽谤。

虞姬 我本是江东一粗俗民女,比不上你那些新宠优雅温良。

项羽 你到底受到了什么委屈?你究竟要我对你怎样?我推翻了暴秦你不高兴,难道我战死沙场你才舒畅?就算我代秦当了皇帝,难道你不是皇后娘娘?

虞姬 我不稀罕什么皇后娘娘,我要回江东养蚕采桑。

项羽 虞,别闹了,快快上马跟我回城,是走是留咱慢慢商量。你难道还要我给你下跪?

虞姬 这样的大礼我可不敢担当。

项羽 (做跪状)我可要跪下了。

虞姬 你跪呀。

项羽 (憨厚地)回去再跪吧,当着侍卫们的面下跪,我丢了面子,你脸上也无光。

虞姬　我早就知道你是虚情假意。

项羽　虞,我要对你虚情假意,就让天打雷劈了我。

虞姬　哪个要你发誓?

项羽　行了,消气了吧?听话,跟我回去,你看,月亮都偏西了。

虞姬　阿籍,你不知道我心里是多么厌恶这秦都咸阳,你不知道我是多么地恐惧这秦宫的森严气象。我夜夜做噩梦,梦中闻鬼哭,醒来后冷汗浸透了衣裳。子羽,求求你,带我回江东吧……

〔范增上。

项羽　(恭敬地)亚父。

范增　大王。娘娘。老臣有礼了。

项羽　是谁如此嘴快,深更半夜惊动了您?

范增　(讥讽地)大王月下追娘娘,这千古未见的奇景,老臣怎能不观赏?

虞姬　(生气地)有话直说,何必绕着圈儿骂人?!

范增　(拱手道)娘娘言重了,范增没有这份胆量。

虞姬　(生气地)哼!

项羽　(不快地)这是我的家务事,亚父何必操心。

范增　(正色道)帝王没有家务事。大王,容老臣斗胆进言,为人君者,一言一行,干系国家社稷;为皇后者,一颦一笑,影响社会风尚。娘娘斗气使性,月夜私奔,有失体统;大王月下追赶,儿女情长,有损尊严。方今天下初定,大王登基在即,竟然发生这等荒唐事,实令老臣失望!

虞姬 我根本不想做这见鬼的皇后!

范增 (寸步不让)国母尊位,有德者当之。

虞姬 听亚父的意思,我是无德之人了?

范增 老臣不敢非议娘娘。

项羽 难道我们非要在这充满尸臭的地方定都称帝?

范增 (下跪)这是上天赋予大王的职责,也是令叔上柱国项梁公生前的期望。

项羽 灭了暴秦,雪了国恨,报了家仇,我想我的任务就完成了。

范增 (以额撞地,凄厉地)大王啊!这是上天的旨意啊,您怎么还在犹豫彷徨?!咸阳坐镇关中,四围群山拱卫,层峦叠嶂,八川分流,渭河荡荡,气候宜人,沃野千里,这可是难得的风水宝地,天下英雄,莫不垂涎三尺。大王啊,机不可失,时不再来,痛下决心,及早登基吧!

虞姬 (冷笑)亚父,我一直将你视为忠厚长者,想不到你竟是巧舌如簧。这里气候干燥,土地荒凉,怎比我江东鱼米乡？这里没有柳烟桃霞,莺歌燕舞;这里没有小桥流水,吴侬软语。说什么咸阳山河四塞,层峦叠嶂,不也没挡住大王和刘邦的兵马嘛！子羽,你只顾自己称帝,忍心让跟你浴血奋战的八千子弟挥泪东望？你只顾一人灯红酒绿,忍心让那些弱妻稚子哭断柔肠？子羽,我的亲人,我们回去吧,回去吧……

范增 （磕头不止）大王啊,不要被妖言迷惑了神志,女人是祸水,商纣的悲剧切记莫忘！

项羽 （不耐烦地）亚父,你起来。

范增 （磕头见血,痛切地）大王啊,请听老臣的忠言！

项羽 （怒）起来！

范增 （站起来）不要为一个女人,毁了千古帝业,女人,不过是一件衣裳。

项羽 亚父,你过分了！

范增 老臣该死！

项羽 虞的话也有她的道理。我不能为一人富贵让八千子弟骨肉分离。再说,我的确也不喜欢这被厚厚的黄土覆盖着的地方。秦宫虽好,不是我的家,凤凰不会栖在乌鸦的巢穴。

虞姬 （扑进项羽怀抱）子羽,我的亲人,你的觉悟,让为妻心花怒放。

范增 （拔剑跃起，向虞姬扑去）妖姬！你坏了大事！

项羽 （疾速拔剑，将范增的剑打落在地，暴怒地）范增，你竟敢如此猖狂！

范增 （跪地，绝望地捶胸恸哭）怪不得人家说"楚人沐猴而冠"！

项羽 你敢骂我？

范增 老臣求死！

项羽 看你这满头白发，我原谅你。

范增 （仰天长叹）可惜这巍峨的宫殿，不知何人入主？！

项羽 我一把火烧了它！

范增 可惜这大好的河山，不知何人称帝。

项羽 我裂土封王，大家有福同享！

范增 我已经看到了刘邦戴上了皇冠！

项羽 （大笑）刘邦？我要杀他如同探囊取物。

范增 （大哭）项梁公啊，我辜负了你的期望。

项羽 倔老爷子，别哭了，难道你这满口松动的牙齿，还能咬动秦地的锅盔？回咱们江东喝糯米粥吧。

　　[项羽、虞姬相拥下。

　　[范增随后下。

第 三 节

〔一间破败的陋室,窗户棂儿类似监牢的铁窗。室内摆着一几一床。

〔明月光辉,照耀着坐在窗前的吕雉。墙上悬挂一面铜镜,她对镜自赏,发出一声叹息。

吕雉 时光如箭啊,岁月无情,青春将逝,美人迟暮。刘邦啊刘邦,今夜你宿在何处?谁家的女儿躺在你的枕边,做你的一夜新娘?

〔虞姬披一件锦绣披风,与一侍卫上。她将披风抖下,侍卫接住。她一人走近室内,侍卫退下。她凝眸注视着铜镜前的吕雉。

吕雉 (目光仍然注视着铜镜,冷冷地)如果我没有猜错的话,身后伫立者,就是名满天下的虞美人了。

虞姬 （稍感慌乱）吕夫人过奖。

吕雉 （嘲讽嫉妒地）怪不得霸王对夫人百依百顺，如此艳色，别说男人了，连我这半老的女人，也为之怦然心动。

虞姬 （惶惶然）夫人言过其实。

吕雉 （嘲讽）听说夫人闺房专宠，与霸王如影随形，如此良辰美景，为何一人独行？不会是霸王另有新欢了吧？

虞姬 （羞恼地）夫人何必唇枪舌剑，冷嘲热讽？我来看你，原本是一片好意，你何必步步紧逼？

吕雉 （冷笑）一片好意？我实在猜不出你的好意是什么，是吃饱的猫儿，戏耍老鼠的好意吗？

虞姬 （恼怒地）怪不得人说吕雉心狠嘴毒，果然是个老辣角色。

吕雉 （大笑）论青春美貌，雉不如虞；但要比处世经验嘛，你还是个雏儿。你不愿说，那就让我猜猜你的来意吧！

虞姬 你不要太自信了，夫人。

吕雉 （冷笑）女人经多了男人，就像男人见多了女人一样，虽不敢说料事如神，但也是洞若观火……你来看我,是因为项羽率军去追赶汉王,明月皎皎照空床,夫人耐不住闺房寂寞,便前来戏耍于我,聊以解忧?

虞姬　(冷笑道)按夫人的逻辑推论,那天下最有见识的当是青楼女子和花街少年了?!

吕雉　你说的未尝不对。青楼女子重实利;花街少年知享乐。打天下时重实利;打下天下知享乐。这正是古今帝王之道啊!

虞姬　(大笑)物以类聚,有其夫必有其妇。

吕雉　(大笑)人以群分,有其妇必有其夫!

虞姬　早就听说吕夫人放浪不羁,心黑手毒,胜过男儿,今日一见,果然是名不虚传!

吕雉　虞夫人的名字也是如雷贯耳,今日得见,果然是小家碧玉,天生尤物。

虞姬　你对我言多讥刺,难道不怕我让人将你凌迟处死?

吕雉　那样你就不是虞姬,我也不会用这样的态度待你!

虞姬　如果我现在就下令让人将你拉出去呢?

　　　[吕雉微笑不语。

虞姬　来人!

　　　[侍卫急上:"夫人有何吩咐?"

吕雉　你家主母让你把我拉出去杀了!你可敢动手?!

侍卫　（犹豫地看着虞姬）夫人……

虞姬　没事了，你退下去吧！

吕雉　（大笑）我早就知道你是菩萨心肠，不会妄杀阶下之囚。汉王和项王曾经结为兄弟，你我何不姐妹相称？今日一见，我还真有点爱上了你。

虞姬　你不配。

吕雉　我不配吗？几年之后，我也许就是大汉朝的开国皇后哩。

虞姬　（大笑）你那丈夫，正被我的丈夫追赶得像丧家的野狗！

吕雉　胜败乃兵家常事。

　　　［侍卫提一食匣奔上，跪报："夫人！大王追杀汉军至睢水，汉军死伤十万，尸体堵塞了河水！"

虞姬　大王呢？

侍卫　大王正率队追击刘邦！

虞姬　知道了。

侍卫　大王让传令兵带来了一只睢水镇脱骨烧鸡和一瓶睢水大曲，请夫人享用。

虞姬　让来人回报大王，速速回兵，就说我正在盼他回来。

　　　［侍卫把食匣献上，弓身退下。

　　　　［虞姬打开食匣拿出两个酒杯,往杯中倒了酒,说:"吕夫人,来呀,干一杯,庆贺我的夫君的胜利!"

吕雉　你夫君的胜利就是我夫君的失败,吕雉不贤,也不会干这杯酒!

虞姬　那就为了我们夫妻恩爱干一杯!

吕雉　我对天下的恩爱夫妻满怀着妒忌,这杯酒我不干!

虞姬　那就为我们今晚的相识干一杯。

吕雉　为了两个截然不同的女人的相识干杯!

　　　　［两人端起杯相碰,一饮而尽。

虞姬　好酒!这酒喝到口里,甜到心里,因为这是我夫从百里之外送来的一片爱意!

吕雉　可惜路途遥远,这酒已经酸了!

虞姬　酒没酸,是你的心先酸了。

吕雉　只有目光短浅的小女人才会以酸当甜!

虞姬　只有心怀妒忌的女人才会以甜当酸。

吕雉　酸作甜,甜当酸,甜中本来就有酸,酸中原本就有甜,酸酸酸,甜甜甜,酸酸甜甜,甜甜酸酸,这杯酒的滋味可是不一般呐!

　　　　［吕雉大笑不止,虞姬很是被动。

虞姬　我的夫君于百里之外,战阵之中,还不忘记给我飞马传送美酒佳肴,这酒,即便是真酸了,喝到我的嘴里也是甜的!夫人,汉王可曾这样对待过你?

吕雉　汉王想的是天下大事,从不把这些小恩小惠的事放到心上!

虞姬　你认为夫妻恩爱是件小事?

吕雉　与帝王之业相比,一切都是小事!

　　　[侍卫飞奔来报:"报夫人!大王派人送来一匹锦缎,让夫人披在身上挡挡寒气!"

虞姬　大王在何方?

侍卫　大王已经渡过睢水,正在追赶汉王。

虞姬　告诉来人,让大王速速回程,就说我在这里翘首相望!

　　　[侍卫退下。虞姬展开大红锦缎,披在身上,在镜前打量着自己的身影。

　　　[吕雉坐在案前,自己往杯中倒了一杯酒,一饮而尽。然后又倒了一杯。

虞姬　夫人,您虽然自命不凡,但并没有猜到我今晚的来意。我并不想像猫儿戏鼠一样戏耍于你,我发现,如果我是猫,你就是一匹狼!我来看你,是想放你回去,劝说你那刘邦,让他退回汉中,安分守己,好好做他的汉中王,不要因为他一个人的野心,搞得天下不得安宁。

吕雉 (倒酒入杯,自饮)妹妹,如果我是你,我就要让我的丈夫穷追不舍,把敌人一网打尽,奠定帝王基业,永享富贵,而不是用儿女情长牵他的后腿!

虞姬 你那刘邦,奸诈刁滑,背信弃义,重色轻友,混账赖皮,这样的人,怎么能当皇帝?

吕雉 (冷笑)唯其如此,他才能当上皇帝。你那项羽,倒是忠厚仁义,谦恭有礼,心地坦荡,英勇无比,但他充其量是个奇男子,离皇帝的宝座,还差相当的距离,更何况,他娶了你这样一个妻子……几年前他本可以定都咸阳,君临天下,但可惜错失了这天赐良机。我想,项羽舍弃关中,定都彭城,多少也是听了妹妹的主意吧?

虞姬 (深受震动,语塞片刻)即便刘邦当了皇帝,即便您做了皇后,可我听人说,刘邦帐中早有了戚夫人八夫人一群夫人,他与你只有夫妻之名而无夫妻之实,做这样的皇后还有什么意思?

吕雉 (被勾动心事,但外强中干地)小女子才追求男欢女爱,大女人要的是流芳百世!

虞姬　既然想流芳百世,为什么还要私通审食其?

吕雉　这难道也值得你惊奇?妹妹,人最大的弱点是不彻底。难道有朝一日汉王得了天下,霸王一败涂地,妹妹心中就平静如水?

虞姬　那我们就去做一对男耕女织的恩爱夫妻。

吕雉　(冷笑)你懂不懂箭在弦上,不得不发?你懂不懂骑虎背上,身不由己?……不过,如果那时你沦为我的阶下囚,我也许会让汉王把你封为贵妃。

虞姬　你不怕我让霸王杀了你?

吕雉　霸王心慈手软,这就是他的悲剧所在。

虞姬　你等着吧,也许明天早晨,你就会看到刘邦的首级。

吕雉　汉王虽然一时难抵霸王的勇力,但他的帐下,收纳了天下的英才奇士,羽翼已成,他必将取得最终胜利。我的美貌的妹妹,你就准备与姐姐共事汉王,同享富贵吧!到那时,我要将那戚夫人剁成人彘,对你嘛,自然是优待有礼——因为,如果项羽帐中的美人是我而不是你,那任凭刘邦有天大的本事,也当不了一统天下的皇帝,从某种意义上说,你是未来的大汉国的第一功臣。你是男人床上的尤物,也是祸国的妖精!

虞姬 （大怒）呸！你这无耻的淫妇！

吕雉 当然，如果项羽活着，我更愿意让他代替审食其。皇后的尊位我要，男人的肉体我也决不放弃。

　　［虞姬大怒，将身上的红色锦缎扔到吕雉头上，然后怒冲冲地坐在几旁。

　　［吕雉身披锦缎站起来，走到镜前打量着自己。

　　［虞姬倒酒自饮。

吕雉 （已有醉意，对镜叹息）嗨！时光如梦，人生易老，一转眼间，我已是三十八岁，这鲜艳的红绸，更显出了我容颜的憔悴。妹妹，你也许不知道，想当年姐姐也是沛县城里有名的美人！我与那刘邦，也曾像你与霸王一样，卿卿我我，片刻也不能分离……但鱼与熊掌不可兼得，想做帝王后，就要割舍儿女情！青春易逝，帝业永存！

虞姬 （自斟自酌）听你的意思，是我毁了项王的千秋基业？

吕雉 你也不必过分自责。项王毕竟从你身上尝到了千种温存，万般风流，你毕竟是天下第一美人嘛！但你要知道，男人的身体里天生就流淌着争强好胜的血，当有一天，他从你的怀里醒来看到大好江山已经有主,他就会恨你!他甚至会亲手杀了你!如果我是男人,我也会亲手杀了你!

虞姬 (猛地干了一杯酒,神经质地大叫着)你们不会得逞的!

[侍卫飞跑进来,跪道:"报夫人,大王追赶刘邦,刘邦为了轻车速逃,三次将亲生儿女推到车下……"

吕雉 (动容)我的盈儿啊!

虞姬 后来呢?

侍卫 大王说,他看到那一双小儿女哭得实在可怜,就放了他们。

虞姬 大王呢?

侍卫 大王挂念夫人,正在飞马回奔。

虞姬 速去告诉大王,让他勿以我为念,一定要把刘邦捉住,碎尸万段,以绝后患!

吕雉 妹妹,晚了!你那项王骑的是千里马,我那汉王坐的是追风车,南辕北辙,追不上了!

虞姬 (挑战地)不知夫人听到刘邦的禽兽之行时有何感想?

吕雉 为我的汉王感到骄傲,为了至高无上的帝位,连亲生儿女也能舍弃!

虞姬　（步步紧逼）那你为什么还要痛呼盈儿？

吕雉　（坦率地）我毕竟也是一个女人。就像你也是一个想让项羽当皇帝的女人一样。你不是让侍卫传令项王把刘邦碎尸万段吗？

吕雉　（与虞姬对面而坐，为自己倒了一杯酒，又为虞姬倒了一杯酒）妹妹，我身上有你，你身上也有我，我们是难姐难妹！

虞姬　（端起酒杯）干杯！

吕雉　为了什么？

虞姬　（沉思片刻，猛地将杯中酒泼到吕雉脸上）为了你让我清醒！

吕雉　（也把酒泼到虞姬脸上）为了你让我糊涂！

第 四 节

[明月高挂,照耀古桥。

[白发苍苍、老态龙钟的范增跟跟跄跄地上。

范增 (悲愤交加,仰天长呼)竖子不足与谋!竖子不足与谋!!竖子不足与谋!!!(剧烈咳嗽,吐血数口)苍天啊,明月啊。大楚国列祖列宗,项梁公在天之灵,你们都看到了吧?你们都看到了呀!我范增无能啊,竟然说不动那愚蠢固执的后生。我空受了楚国祖宗的恩泽,我辜负了江东的百姓,我没完成项梁公的嘱托,我无颜偷度余生。多少次功亏一篑,多少次功败垂成。眼见着大好的河山就要姓刘,大楚国啊,你选错了传人!天意难违啊,就让我死在这滔滔的河水中吧,我再也无法忍受这刻骨的创痛!

〔范增掀起衣襟蒙住头,欲从桥上跳水自杀。

〔马蹄声疾,虞姬骑马急上。

虞姬 (高呼)亚父!

范增 (放下衣襟,冷冷地)是你?!

虞姬 (急切地)亚父,速速跟我回去!

范增 (仰天长笑)回去?回去?老夫是要回去了!

〔范增纵身欲跳河,被虞姬扯住袍袖。

范增 (悲愤地)尊贵的娘娘,为何要挡住老夫的求死之路?死了我你们耳边何等地清静!快回去陪大王与刘邦讲和吧,从此后你们便可永享太平!

虞姬 亚父,项王需要你!

范增 (冷笑)天下大事已定,大王果断英明。老夫耳聋眼花,已经老糊涂了,何必留在这里碍手碍脚讨人嫌呢?老夫知趣而退,谢谢娘娘的一片真情。

虞姬 (深情地)亚父,我知道您受了委屈,所以星夜赶来。亚父,您是看着我们长大的,待我们如同亲生。没有您的辅佐哪有我们的今天?您的恩德比山还重。项王虽能力敌万人,但骨子里却是一副顽童脾性,小女子也是少年幼稚,做了很多糊涂事情。还请亚父大人海量,我替项王向您赔罪鞠躬。

范增　（摇头）江山易改，难改本性。多少往事历历在目，多少愤懑郁结在胸。三年前我设下鸿门大宴，欲杀那刘邦贼以绝后患。可大王他心慈手软优柔寡断，竟让那刘邦死里逃生。气得我砍破了一双玉斗，大王他半装糊涂不问不听。后来我劝他定都咸阳，镇关中阻四塞天下一统，谁知他儿女情长英雄气短，寡谋少虑目光短浅，烧阿房、掘秦陵回师彭城，千古难逢的良机错失，想起来老夫不由得顿足捶胸！

虞姬　（羞惭地）亚父，这是小女子的大错，我是大楚国的罪魁元凶。只可惜大错铸成百死莫赎……

范增　这一次救彭城大获全胜，追刘邦至荥阳兵勇将猛，大王他切断了刘邦粮道，众汉军饥寒交迫困守孤城。贼刘邦竟提出楚汉议和，糊涂的大王满口答应。你们也不想一想，打成了这大好局面，牺牲了我们多少江东子弟？此时讲和岂不是前功尽弃？让煮熟的鸭子再次飞走，怎能对得起战死的弟兄？怎能对得起江东的孤儿寡母？怎能对得起后方啼饥号寒的百姓？任老夫说得唇敝舌焦，大王他偏要一意孤行。大楚国的子孙们哪，老夫不忍心看到你们面临的悲惨结局，就让我先死了吧，也落个眼不见，心安静！（范增跪在地上,号啕着)大楚国的列祖列宗啊!你们看到了吗?

虞姬 (独白)亚父一席话让我内心震动,又想起与吕雉的唇舌交锋。看起来我真是个任情使性的小女人,损害了灭秦复楚的大业,耽误了项王的远大前程。从今后我要洗心革面,顾全大局,牺牲儿女感情。与他的帝业相比,我的爱情比鸿毛还轻。(转向范增,下跪)亚父,小女子这一次是知错必改,我愿协助您劝说大王回心转意,鼓舞他的斗志,厉兵秣马,一鼓作气,攻下荥阳孤城,使灭秦复楚的大业早成功!

范增 (惶恐爬起)娘娘请起,如此大礼,岂不折杀老夫!

虞姬 亚父答应跟我回去吗?

范增 (犹豫地)这……

虞姬 您不答应,我就长跪不起了。

范增 (跪地)娘娘如此隆恩,范增虽肝脑涂地,无以为报!

〔马蹄声中,项羽上。

项羽 (冷冷地)我还以为是一对青年男女在拜月定情呢,原来是我的夫人和一个白发老儿。

虞姬 (恼怒地)大王!

范增　大王,君王口中无戏言!

项羽　范增,原来你还在这里磨磨蹭蹭,我还以为你返回江东了呢!

范增　大王,是娘娘苦苦将我挽留。

项羽　天要降雨,娘要嫁人,要走就走,何必挽留?!

虞姬　大王,我为你留住一个江山社稷!

项羽　什么时候,你也学会了这套陈词滥调,是范增教会你的吗?

范增　大王啊,老臣斗胆冒死再谏,决不能和那刘邦签订和约!

项羽　到底我是大王,还是你是大王?

范增　大王,忠言逆耳利于行,良药苦口利于病。方今刘邦已困守孤城,兵疲粮绝,正可一鼓而歼之。签订和约,无疑是重演那鸿门故事,放虎归山,遗祸无穷啊!

虞姬　大王,请听亚父诤言,速速调兵遣将,攻下荥阳,斩杀刘邦,一统天下,成就帝业。

项羽　真是六月的天,女人的脸,说变就变,你怎么突然也对这帝业感起兴趣来了呢?如果想当皇后,那咸阳城中何必私奔?

虞姬　那正是妾身犯下的千古大错。

项羽　我打够了,打烦了。

范增　不歼灭刘邦,大王怎能一劳永逸?

项羽　刘邦不过是个无赖泼皮。这次他用五十六万大军攻陷彭城,我只用三万人马就打得他丢妻抛子,狼狈逃窜。留着他吧,权当我身上养了一只臭虫。

虞姬　大王,那刘邦是人中枭雄,绝不能再让他休养生息。

项羽　虞啊,你不要为范增帮腔作势,这里边隐藏着阴谋诡计。

范增　大王,您的话老臣越听越糊涂。

项羽　(冷笑)你是倚老卖老装糊涂,其实你的心里好似明镜。

虞姬　大王,我恳求你请亚父回去。没有他的襄助,我们只怕死无葬身之地!

项羽　虞啊,你受了他的蒙蔽。

范增　(长叹)哎!大王好自为之,老夫告辞!

虞姬　大王!

范增　娘娘善自珍重!

虞姬　亚父!

　　　〔范增转身欲走。

项羽　(厉声)范增!

［范增、虞姬都惊悚不已。

范增 大王还有何吩咐？

项羽 事到如今，你还在给我演戏，我问你，从何时起，你卖身投靠，当了刘邦的奸细？

范增 苍天在上，黄土在下，老臣可以起誓。

虞姬 大王，亚父忠心耿耿，天地共鉴。

范增 大王啊，这天大的冤枉，完全是无中生有，让老臣从何讲起？起兵八年来，我为你运筹策划，宵衣旰食，楚营将士有目共睹，大王您……您也不是瞎子！

项羽 （拔剑）你竟敢骂我瞎子？！

范增 事关名节，老臣据理力争，决不惜死！

项羽 这么说是我冤枉你了！

范增 愿大王讲出事实。

项羽 我不讲谅你也不会承认。

范增 大王请讲。

项羽 前日我派使者入汉营。汉官摆出盛大宴席，使者方欲就餐，忽出一官盘问来使。当得知使者是我派遣，他即下令撤去美酒佳肴，换上一桌粗粝饭食。他说：我还以为是亚父的使者，原来是项王使者，你只配吃这些粗糙东西。如你跟刘邦无私，怎么会出现这种怪事?!

虞姬　大王,这一定是刘邦的反间之计!

范增　(委屈愤怒地)这种浅薄诡计,大约只能骗过三岁小儿!

项羽　(暴怒)范增,你刚骂过我是瞎子,现在又骂我是小儿,(拔剑出鞘)你以为我真的不敢杀你?!

范增　复国无望,老夫已将生死置之度外,能死在你的手中,也是老夫的造化!大王请吧!

〔范增将头探向项羽。

虞姬　(挺身向前)要杀亚父,请先杀了虞姬!

项羽　(恨恨地插剑入鞘)看在虞的面子上我饶你这条老命,滚吧,从今之后,别再让我看见你!

范增　(悲怆地)大王,好自为之啊!

〔范增前行几步,突如一堵墙壁,沉重倒地。

〔虞姬扑上前去,痛呼:"亚父……!"

项羽　滚起来,别躺在地上装死!

虞姬　(站起来,冷冷地)你已经把亚父活活气死!

项羽　私通刘邦,本该砍他的首级,全尸而死,让他占了便宜。

虞姬　大王,你真令我失望!

[虞姬转身跑下。

项羽　虞,你要去哪里?

[舞台上只留下项羽孤家寡人,月光熄灭,一束白光笼罩着垂头丧气的项羽。

第 五 节

［卧房。

［大红宫灯高挂,红烛高烧。

［卧床上挂着红纱帐,帐上绣着大红喜字。

［虞姬独坐,心事重重。

虞姬　大王啊,为了你的千秋大业,妾身今天要做一件惊天动地的大事。这是一副峻烈的苦药,但愿我的夫你能把它吞下。子羽,你不要辜负了我一片苦心……

　　　　［侍卫押着吕雉上。

侍卫　夫人,遵您的令,已将吕雉押到!

虞姬　你退下去吧!

　　　　［侍卫退下。

吕雉　不知妹妹把我唤来有何吩咐?

虞姬　（冷冷地）你自以为知人甚深,料事如神,难道还猜不出我请你来的目的?

吕雉　（笑道）像妹妹这种痴情女子,除了跟项王那点子缠绵感情,还能有什么大事? 无非是项王出外征战,妹妹一人孤单难熬,将我拉来与你斗嘴解闷儿!

虞姬　你难道不晓得人别三日便应刮目相看?

吕雉　分别三年,你也是好使小性子的小女子。听说你经常让项王趴在地上,给你当马骑?

虞姬　过去确有此事。

吕雉　（大笑）我实在想象不出,勇冠三军、八面威风的西楚霸王,背上驮着一个女人在地上爬来爬去是个什么样子……

虞姬　这种事情永远不会再发生了……

吕雉　妹妹何出此言?

虞姬　（盯着吕雉,一字一句地说）因为我要将他让给你!

吕雉　（愣了片刻,然后大笑）妹妹这个玩笑可是开大了! 我怀疑自己的耳朵出了问题!

虞姬　没人跟你开玩笑!

吕雉　像妹妹这样的痴情女子,恨不得将那男人吞到肚子里。把项羽让给我? 这等于让老虎从口里吐出一只活鸡!

虞姬 (将吕雉一把推到凳子上坐下)为了大楚国的江山社稷,我愿让你赚这个便宜。

吕雉 这是猫戏老鼠的把戏!(站起来)虞夫人,吕雉虽然身为囚徒,也不会任你当傻瓜玩弄!

虞姬 (厉声大喝)你给我坐下!

吕雉 (吃了一惊)夫人也能发河东狮吼?这倒有点稀奇。罢了,在人房檐下,不敢不低头,我就装一次傻瓜看看你能玩出什么把戏!

虞姬 (脱下身上的红裙披到吕雉身上,退几步端详着)这件红裙,你穿着比我更加合适!

吕雉 (托起裙裾)这是上等的锦缎,刘邦从没给我置过这样的彩衣。

虞姬 (摘下头上的凤冠戴到吕雉的头上,退几步端详着)这顶凤冠我戴着晃晃荡荡,好像专门为你定制。

吕雉 任凭妹妹你折腾吧,谁让我比你多了这些年纪。

虞姬 让我看看,果然是人是衣服马是鞍,你年轻了十岁!

吕雉 这话我听了很惬意。

虞姬 重要的是你有一颗年轻的心。

吕雉 青春将逝的女人,如果心也随着年龄老,那就完了!

虞姬　（端起化妆的盒子走到吕雉面前）这圆月般的脸庞还应该敷上一层粉……

吕雉　但愿白粉能遮住我的皱纹。

虞姬　这腮上的胭脂还可涂得更艳。

吕雉　你最好给我涂上两片红唇。

虞姬　这眉毛还应画得更细!

吕雉　你还要贴上两片花黄妆点我的云鬓。

虞姬　（放下化妆盒,搬起镜子）吕雉半老,风韵犹存。

吕雉　（打量着镜子里的自己,不觉潸然下泪）这是我吗?

虞姬　姐姐为啥流泪,难道不怕泪水污染了脸上的脂粉?

吕雉　我跟着刘邦几十年,颠沛流离,风餐露宿,粗茶淡饭,布衣荆钗,还从没这样美丽过……（提高声音）但这样的日子很快就要结束了!等我的夫君南面称帝,我要用五彩的绸缎,缝上一千套新衣;我要用一万颗珍珠,镶嵌成我的头饰;我要用……

虞姬　（冷笑道）姐姐这些话,好像痴人呓语!

吕雉　我相信不久就会变成现实!

虞姬　姐姐,你难道不知道?那刘邦爱的是戚夫人?

吕雉　但我的儿子是当然的太子!

虞姬　废长立幼,是常演的宫廷故事!

吕雉　（咬牙切齿地）我吕雉不是任人宰割的羔羊,谁如果要夺我的皇后尊位,我让她不得好死!

虞姬　我不怀疑你能斗过戚夫人,但你能斗过刘邦吗?

吕雉　妹妹,这场戏该结束了,送我回监房吧!让我这人质好好活着,也许还能让项王多支撑些日子!

虞姬　吕雉,霸王和汉王正在相持,鹿死谁手,还没定局。在这关键时刻,只要项王能得到一个贤内助,那刘邦之败就不容置疑。

吕雉　（嘲讽地）妹妹不就是贤内助嘛?

虞姬　人贵有自知之明,我知道,辅助夫君成就大业,我不如你!

吕雉　（冷笑）你想怎么样呢?

虞姬　我走,你留,我要你把子羽培养成一个皇帝!

吕雉　（狂笑不止）你这幼稚浅薄的女人,你以为皇帝是培养出来的嘛?江山易改,本性难移!狼走遍天下吃肉,狗走遍天下吃屎!

虞姬　你难道没听说过,近墨者黑,近朱者赤?

吕雉　那要日久天长,潜移默化,并不是一朝一夕!更何况你那项羽不是个孩子……

虞姬　我那子羽恰恰就是个永远长不大的孩子……

吕雉　你既然立下了雄心大志，完全可以改造你的孩子……

虞姬　我跟他嬉闹日久，已经管不住自己……

吕雉　（摘下凤冠，脱下红裙）够了，虞姬娘娘，你把我当猴戏耍已经够了，我已经尽到了一个阶下囚的责任，你就准备好鞍鞯鞭子，等着骑你的红鬃烈马吧！

虞姬　（揪住吕雉，扇了她一个耳光）你这不识抬举的贱人！你以为我做出这样的决定容易吗？你以为我的心不痛苦吗？你以为我把心爱的男人推到别的女人的床上是儿戏吗？我的心在流血！不，我是把自己的心挖出来献给了你！你知道我是多么样地恨你，我希望你漂亮，但我又怕你漂亮；我为你化妆美容，又恨不得挖出你的眼睛！但为了大楚国的列祖列宗，为了死不瞑目的亚父范增，我忍痛割爱，我做出了一个女人能做出的最大牺牲，可是你竟然毫不领情……

吕雉　（深受感动）夫人，难道你真的这样想？难道你真要舍弃这宝贵的爱情？

虞姬　我是你的学生。

吕雉　你又怎么知道，我不是你的学生？

　　　〔幕后传报："大王车驾已经进城——！"

虞姬 （将红衣穿在吕雉身上，又将一匹红绸蒙到吕雉头上。哽咽着）吕雉，你这贱人……姐姐，我的恩人，拜托了……

吕雉 （掀起红盖头）妹妹，你想让我在霸王面前出丑？

虞姬 难道你不喜欢子羽年轻的身体？

吕雉 你那子羽是与你一样的痴情种子，他怎么会喜欢我？你这是往耻辱台上推我……

虞姬 子羽心善手软，最怕女人的眼泪，姐姐是情场老手，如何让他就范，难道还要我这笨女子教你吗？

吕雉 妹妹……

虞姬 他常年征战，患有寒症，姐姐切记，不要让他喝凉酒……

　　　　［幕后高喊："大王进帐了——！"

虞姬 （帮吕雉拉下盖头）拜托了……

　　　　［虞姬吹灭蜡烛，抽身退下。

　　　　［项羽风风火火地冲上来。

项羽 虞，虞！你为什么不出城接我？为了赶回来见你，几乎累瘫了我们的乌骓马，（绊了一个趔趄）你怎么连蜡烛也不点上？你怎么一声也不响？但我知道你在这里，因为我已经嗅到了你的香气，你是成心跟我捉迷藏吧？要不就是什么人惹你不高兴了？(在舞台上乱摸着，终于摸到了吕雉，一把将吕雉抱起来，转着圈子)你这小宝贝，你这小鬼头，我看你往哪里躲！(在吕雉的脖子上乱亲着)我看你往哪里藏！你不知道我是多么地想你……(他突然停止了亲吻，将吕雉放到地上)虞，你的气味不对，你今天用了什么熏香？你的皮肤为什么这样粗糙冰凉？是不是病了？(对外大喊)来人哪！

　　[侍卫急上。

　　[吕雉回到原位坐下。

侍卫　大王！

项羽　秉烛！

　　[侍卫点着蜡烛，退下。

项羽　(看到满室喜庆气氛和红绸蒙头的吕雉，颇为惊异)夫人，你这是搞的什么名堂？啊，我明白了，你是想给我一个惊喜，你想让我们的感情像那新婚时一样新鲜纯洁……你那颗小脑袋里，哪来这么多鬼主意？

　　[虞姬的画外音：大王，我的夫君，子羽，我的孩子……你是个顶天立地的好男儿，你身边应该有个

深明大义的好女人……你肩负着复兴楚国的大任，列祖列宗在天之灵注视着你。上天造就了你伟岸的身躯，赋予你盖世的勇力，就是让你当万民之首，做天之骄子。你肩上的担子太沉重，应该有人与你分担。但你的虞无才无德，难当重任，就像亚父所言，国母尊位，有德者当之。今天，妾身为你选定了一个巾帼英雄，女中丈夫，她虽然不如妾身年轻，但也是肌肤丰腴，月貌花容；她上床解风情，下床议国政。大王，你身边需要的就是这样的女人，忘掉妾身，娶了她吧，我在江东，为你歌舞，为你祝福，祝大王早登帝位，天下一统……

〔在虞姬独白时，项羽与吕雉一直在玩着游戏，项羽想把吕雉的盖头揭开，但吕雉机灵地回避着。好似一段双人舞。虞姬独白完，项羽猛地挑开了吕雉的红盖头……

项羽 （惊呆）是你?! 怎么会是你!

吕雉 （跪地施礼）大王远征辛苦，妾身这边有礼了！

项羽 （转身往外跑）虞！夫人！你开什么玩笑！你在哪里躲着？快快出来，让我抽你二十鞭子！

吕雉 （满怀醋意、刻毒地）大王，不要喊了，你的虞姬已经私奔千里,任大王喊破了喉咙,她也听不到了!

项羽　你这贱妇,竟敢说我的虞姬私奔?!

吕雉　不辞而别,不是私奔,又算什么?

项羽　住嘴!我的夫人,不容他人非议!

吕雉　不过,虞姬妹妹这次私奔,顾大局,识大体,算得上是一次壮举!

项羽　你嘟嘟哝哝,说了些什么东西?!

吕雉　大王啊!我那深明大义的好妹妹,为了督促你发奋立志,为了让你能成为千古一帝,急流勇退,临行之时,将我推上了你的枕席!

项羽　你这信口雌黄的贱妇,撒谎也撒得不着边际!知妻莫如夫,我那虞姬,平生最烦的就是所谓的千秋帝业;最向往的就是茅舍桑田,男耕女织。

吕雉　我的傻大王,你说的是过去的虞姬,今天的她,已经变了!

项羽　(冷笑道)青山易老,本性难移,天变地变,我的虞也不会变!

吕雉　大王,岂不闻麦黄一晌,蚕熟一时?你的虞已经变了,否则,她不辞而别作何解释?

项羽　(暴躁地)阴谋诡计,阴谋诡计!侍卫!

[侍卫急上,跪地:"大王……"

项羽 我问你,夫人去了哪里?

侍卫 小人不知……

项羽 立即派人去把她找回来,找不回来,我把你们剁成肉泥!(回头对吕雉)你这贱人,滚回你的囚室,等我拿住刘邦将你们一锅而烹之!

吕雉 (膝行至项羽前)子羽,我的弟弟,低一下你那高傲的头颅,看看膝下这个女人,你不知道她是多么样地爱你,你不知道她是多么样地想你,在醒里,在梦里……世界上有千万种罪名,但爱是没有罪的。大王你仁慈之名满天下,为什么对爱你的女人如此残忍?(抱住项羽的腿,仰望着项羽)爱是没有尊严的,虽然我与汉王早已分居,但名分上还是他的正妻,为了爱,我像一条狗,跪在你的面前,双眼流泪,仰望着你,伸出你的手,拉起我,拉起我这可怜的女人吧……

项羽 (伸手拉起吕雉,吕雉欲扑进他怀,被推开)你,你们到底搞的什么把戏,一个踪影不见,一个哭哭啼啼!

吕雉 子羽,虞姬妹妹见你难成大器,已经投奔汉王去了。你知道,汉王对她的美色,早已是垂涎欲滴……

项羽 放屁!(拔出剑)如果你再敢胡说,我就砍下你的首级!

吕雉　大王,即便你砍下我的首级,我还是要说,虞姬已走,这是不争的事实。撇下你一个人孤孤单单,姐姐我心中万般痛惜。男人身边什么都可以没有,但不能没有女人,因此姐姐我不避形秽,甘心情愿自荐枕席。(卖弄风情地)子羽、阿籍、大王、傻弟弟,姐姐我虽然长你几岁,但这身体还算是婀娜多姿;在感情方面,虞姬是一条清浅的小溪,而姐姐是浩瀚的大海!我要用博大的爱情,包围你,淹没你……为了爱我已经不要自尊,不要脸皮。我的亲亲的弟弟……(跪地,膝行至项羽面前)抱我上床吧,你从虞姬那里得到的,我会让你全都得到;你从虞姬那里没有得到的,我也要让你得到……姐姐要让你知道,什么叫作女人……

项羽　(推开吕雉)笑话!笑话!我项羽是顶天立地的男子汉,还不至于下作到去占有敌人的妻子!

吕雉　(站起来)虞姬妹妹临行时留下一句话,让我转告于你……

项羽　什么话?

吕雉　如果一个男人连敌人的女人都不敢占有,还成就什么千古帝业!

项羽　去他妈的千古帝业,老子偏要回江东种地!

吕雉　吕雉不贤,愿为大王生儿育女,操帚持箕!

项羽　你这养面首的贱货,任你花言巧语,我项羽也是心如铁石!今生今世,除了虞姬,我不会沾第二个女人!趁我还没有杀你,滚吧!

吕雉　(恼羞成怒)你这糊涂虫,你这傻瓜蛋,你这假正经,你这伪君子,你必将死无葬身之地!

第 六 节

〔本节实际上是第一节的继续。舞台布置与第一节完全一样。开场时,定格在舞台上的演员突然"活"起来。

虞姬 (见到项、吕的亲近状,如雷击顶,痛苦地)你们……(晕眩)

项羽 (扑上去,抱住虞)虞啊,我的亲人!我是不是见到了你的鬼魂?

虞姬 (悲愤地)放开我,你这负心的人!

项羽 不,我再也不放你走了,你我分离已经三年,三年的苦相思啊,已让我的两鬓染上了白霜……

虞姬 放开我!(挣扎出项羽怀抱)

吕雉 (走上前去,挡住项羽)妹妹别来无恙?

虞姬　夫人身体安康？

吕雉　自从大王将我送回汉营后，我天天锦衣玉食，养得身强力壮！

虞姬　夫人身强力壮就更不像个女人了！

吕雉　为了你我把自己养得身强力壮——

虞姬　为了我？

吕雉　你可曾记得三年前欠下我那笔旧账？

虞姬　你我之间确有笔旧账，但债主是我！

吕雉　三年前你设下迷魂的圈套，让我在霸王前出尽了洋相。你践踏了我的尊严，你污辱了我的爱情，我今天来这里就是专门等你的。（拔出剑，猛地向虞姬刺去）

项羽　（格开吕雉的剑）贱人，你竟敢拔剑刺我的夫人！

虞姬　你这阴险毒辣的女人！（拔剑刺向吕雉，吕雉闪身躲到了项羽身后）

吕雉　（撒娇地）阿籍，看在你我恩爱的分上，替我挡住这个疯婆娘！

虞姬　（痛苦地问项羽）你们恩恩爱爱？

项羽　（转身，但吕雉随着他转）你这荡妇满口胡言！

吕雉　三年前妹妹将我推上大王的婚床，姐姐我自然是当仁不让！那一夜可真是风情万种啊，至今日还让我心驰神往……

虞姬　无耻啊，你这荡妇！

吕雉　告诉你吧，阿籍是我的人，你休想把他夺走！

　　[虞姬几近疯狂，仗剑乱刺，吕雉在项羽背后机灵躲闪，项羽大怒，回身时被虞姬刺中了胳膊。

虞姬　（抛剑在地，痛哭着）子羽，我的亲夫……

吕雉　阿籍，我的情郎……

　　[两个女人每人抱住项羽一只胳膊，都是泪流满面，项羽左顾右盼，不知所措。

虞姬　子羽，如果你还爱我，就替我杀了这个贱人！

吕雉　阿籍，杀了我吧，姐姐愿意死在你的手上……

项羽　（振臂将吕雉甩出）滚！你这花言巧语、口蜜腹剑的女人！

　　[项羽拥抱住虞姬。

吕雉　（躺在地上欠起半身，阴险地）虞姬妹妹，汉军围困万千重，不知你是怎么进来的？

虞姬　是汉王派人护送我进来。

项羽　（推开虞姬，嫉恨地）你果然是从刘邦那儿来的？！

虞姬　是的，刘邦让我进来对你劝降。

项羽　你真的上了那流氓的牙床?

虞姬　我亲眼看到你们抱到一起,在这万军围困之中做成了野鸳鸯!

吕雉　(刻毒地)妹妹不在,姐姐当然可以安慰弟弟。

虞姬　大王啊,你真令我失望!

项羽　我杀了你们!我要把你们全杀光!(抢剑将桌几劈烂,最后仗剑直指虞姬)你忘了我们的十年恩爱,你忘了我们的海誓山盟!你知道这三年我是怎么样地想你吗?你知道在这重围之中我是怎么样地盼你吗?三年里我两鬓染霜,一夜中我满头飞雪……可是你……却陪着那刘邦上床……

虞姬　(悲愤交加,有口莫辩)大王……妾身是干净的……我只能以死来证明我的清白……(拔剑欲自刎)

项羽　(夺出虞姬的剑)我的虞……你死了我还能活吗?

吕雉　(站起身来,讽刺地)多么感人的戏剧!

项羽　阴险的妇人,给我闭嘴,我差点中了你的诡计!

吕雉　项王啊,我对你是一片真情,上可对天,下可对地。

项羽　虞,我的贤妻,你不要听这条毒蛇胡言乱语,这都是她和刘邦设的毒计。她先说你今夜要和刘邦同床共枕,又说你已在彭城自缢身死。她还说要与我突围归隐,去山野荒村做一对贫贱夫妻。(转对吕雉)你这个卑鄙的女人!

吕雉 (阴毒地)在爱情面前,没有卑鄙!

项羽 如果你再不住嘴,我就把你砍成两段,你不要把我的善良,当作软弱可欺!

虞姬 (明白过来,对吕雉)吕雉,你与刘邦同样地阴险毒辣!(转对项羽)大王啊,你觉悟吧,再也不要受人愚弄。

吕雉 只可惜已经身陷绝地。

项羽 虞啊,你来到我身边,我空虚的心灵便有了依托,只要还有你,世间的一切我都可以舍弃。走吧,我要抱着你突出重围。这仗,我打烦了,就让刘邦去做他的皇帝吧,我们回到那会稽山中,过我们的太平日子。

吕雉 (冷笑)大将军韩信指挥八十万大军,设下了十面埋伏,方圆百里,尽是汉家旗帜。项王即便是勇力过人,怀抱着女人,与其说是突围,毋宁说是送死。奉劝项王及早投降,我担保汉王会善待你们夫妻!

虞姬 吕雉,我家项王与刘邦不共戴天,怎会屈下铁打的双膝?!我们的事用不着你来操心,想想你自己吧,刘邦爱的是戚夫人,他早晚要杀掉你们母子!

项羽　虞,别跟这下贱的弃妇白费口舌,走,我们趁着这月夜,突破这韩信小儿纸扎的障壁。

吕雉　(冷笑)我愿你胁下生出双翅。

　　　　[帐外传来楚歌阵阵。

　　　　[鼓角齐鸣。

　　　　[汉军齐声呐喊:"项羽小儿,快快投降!项羽小儿,快快投降!"

　　　　[项羽暴怒,一手持铁戟,一手夹起虞姬,狂呼着欲往外冲。

虞姬　(挣脱项羽怀抱)大王,先让妾身为你做一剑舞,鼓起你的万丈豪气。

　　　　[虞姬抽出项羽鞘中剑,翩翩起舞。音乐声起,慷慨悲壮。

　　　　[幕后男声独唱:"力拔山兮气盖世,时不利兮骓不逝,骓不逝兮奈若何,虞兮虞兮奈若何。"

虞姬　(且歌且吟且舞)"这是一个流传千古的故事/这是一个历久常新的话题/桃花三月江南雨/东风吹皱春水池/情从风里来/爱自浪里起/游戏着青梅竹马/缠绵着柔情蜜意/情哥哥铿铿锵锵高唱远征曲/俏妹妹

凄凄切切低吟别离词/甲光向日斗牛寒/泪眼婆娑长相思/满腹怨恨/为一爱字/破涕成笑恩情在/青春作伴月圆时。

"爱是一个猜不透的谜底/爱是一个打不破的禅机/红粉消磨英雄志/夕阳残照霸王旗/风从天外来/浪自心头起/抛弃了儿女情长/割断了恨缕愁丝/好男儿轰轰烈烈烧透碧云天/好女子堂堂皇皇遮盖黄花地/长袖连云月光舞/剑气纵横鬼唱诗/满腔热血/写一爱字/长歌当哭泪滂沱/爱到极致是死时。"

〔虞姬自刎倒地。

〔项羽扑上去,跪在美人尸前,哭喊:"虞啊!"

〔灯光重新照耀着项羽、虞姬、吕雉,定格。

项羽　(缓缓站起来,脱下战袍,撕下壁帐扔到虞姬身上)虞,我的亲人!就让我用楚国的风俗,用熊熊的烈火,送你走上天国之路吧!

〔侍卫持火上,点燃,熊熊火起,虞姬像凤凰般从火中站起,她满面辉煌,格外美丽。

项羽　(对侍卫)传令三军,准备突围!

吕雉　大王真要以卵击石?

项羽　滚,去告诉刘邦,这锦绣的江山,最终还是要姓项!

从前我跟他半是认真半是游戏,从今之后,我决不对他讲手软心慈。

吕雉 (跪地)项王,我的亲兄弟,虞姬妹妹已死,就让姐姐为你叠被铺床吧!

项羽 (对幕后)弟兄们,拔出剑,举起戟,跨上战马!

吕雉 (膝行趋前,抱住项羽的双腿)项王,求求你,带上贱妾吧。我现在还是汉军的主母,可以当你突围的盾牌。谅那韩信有天大的胆量,也不敢把我拦挡。

项羽 (大笑)我项籍堂堂男子,难道还要借一个女人的力量突围,滚开!

　　〔吕雉顺势抱住项羽,一边喊着:"项王,我是真心爱你呀!"一边摸出匕首,猛刺项羽。

　　〔项羽打掉匕首,把吕雉踢出去。

项羽 你这条毒蛇,我要把你剁成肉酱!(举起剑来)

吕雉 (躺着,媚态惑人)大王,下手吧,贱妾能死在你的剑下,也是三生造化。

项羽 (终究不忍下手)我不愿让手中的宝剑,沾上女人的鲜血!

吕雉 (叹息)项羽啊,你连一个想杀你的女人都不忍心杀,还想成就什么帝业!

[定格,灯光渐暗。舞台上只有虞姬在火焰中站着。

吕雉 （爬起来,两手撑地,凄厉地）虞姬,你这有福的女人,你这一生值了,你用真情换来了真爱,我嫉妒你,我羡慕你,我不如你……

第 七 节

〔明月皎皎,芦花如雪,江声澎湃。

〔项羽持剑在江边徘徊。

〔幕后传来乌江亭长的喊声:"大王,快快上船!这是乌江里唯一的一条船,汉军追来,只能望江兴叹!"

项羽 (似乎没听到乌江亭长的喊叫声)虞啊,我已突出了重围。我纵马驰骋,斩将擘旗,在我的身后,堆满了汉军的尸体。这普天之下,谁能挡住我的剑戟?可我还是成了孤家寡人,一败涂地。我的兵马,我的将士,都像攥在手中的沙土,不知不觉中流失。这失败来得不明不白。苍天,你不公道,你在捉弄我啊,明明是我连战连捷,可为什么只剩下我自己?连我的虞,也舍我而去……

　　〔幕后,乌江亭长:"大王不必心灰意冷,速速上船吧,小人把您渡过去。江东虽小,但地方千里,人口数十万,足可以让您重整旗鼓,东山再起。"

项羽　(动情地)江东,我的父母之邦,埋葬着祖先骸骨的宝地。八年征战,离井背乡。那时栽下的小树,已经长成栋梁了吧?那时咿呀学语的孩童,已经成为少年儿郎了吧?我带出来的八千子弟,已经变成了旷野的白骨,还有你,我的虞,也做了异乡之鬼。

　　〔幕后,乌江亭长:"大王,胜败乃兵家常事,乡亲们依然敬重您。"

项羽　(悲伤地)纵然江东父老可怜我,仍然拥戴我为王,我也没有脸再去见他们了;纵然他们嘴里不议论我,可我的心里又怎能够安静?

　　〔幕后,乌江亭长:"大王,快快上船吧,江东父老需要你。没有你,我们就会沦为刘邦的奴隶。"

项羽　(热泪盈眶地)我的可亲可敬的父老乡亲们,你们的宽容让我感动,更让我无地自容。看来,我是应该重返江东图大业……

　　〔幕后,乌江亭长:"大王赶快上船,我已望见了汉军腾起的烟尘。"

项羽 可我的心里为什么这样空虚？我的虞她昨夜自刎身亡，即便我当上了皇帝，谁来做我的皇后？你已经成了我生命中的一半，砍掉了这一半，我就像断了根的禾苗一样慢慢枯萎！虞啊，你以为一死就能激起我的雄心，我以为你已经激起了我的雄心，但当我面对着这滔滔江水，却感到了空前的心灰意冷。虞，虞啊，你在哪里，难道你真的死了吗？我总觉得昨夜的一切都如梦境。大兵重重围困，竟然冲进去两个女人，也许，我见到的只是女人的幻影？也许，你正躲藏在什么地方等待着我，是在江西是在江东？虞，你在哪里？我仿佛听到了你衣裙的窸窣，我仿佛听到了你轻柔的歌声，仿佛看到了你飘扬的长袂，宛若翔舞的凤凰，宛若灿烂的彩虹。虞，你真的来了吗？

〔舞台后部缓缓升起一个高台，在熊熊的火焰中，站着如同圣母的虞姬。

项羽 （像孩童般仰望着虞姬）虞，你果然没死，你果然活着，你脚踏着红云，冉冉上升，难道你已经成了仙人，要去那广寒宫中陪伴寂寞的嫦娥？带上我吧，我愿意做你忠实的侍从……

〔幕后,乌江亭长:"大王啊,汉军已经逼近了,这是最后的时机,大王,快上船啊!"

〔马蹄声、呐喊声连成一片。

项羽 (激动地)虞,你慢些飞去,等着我。让我扔掉这臭皮囊,让我拉住你的裙裾……

〔项羽拔剑自刎,倒地。

〔辉煌壮丽的音乐声中,项羽的身体,像电影中的慢镜头一样,又缓缓地站起了。他向虞姬扑去,虞姬也向他扑来。两人都像跳"太空舞"一样,把有限的时空放大延长,舞台一片辉煌。二人终于紧紧地拥抱在一起。

——剧终

锅炉工的妻子

(小剧场话剧)

剧 中 人 物

钢琴教师——阿静,原本是下乡知青,在乡下未婚先孕,无奈与农村青年阿三结婚。回城后当了钢琴教师。

锅炉工——阿三,钢琴教师的丈夫。随妻子进城后,先是当了锅炉工,后失业。在妻子的刺激下犯杀人罪,被处决。

作曲家——建国,下乡插队时是阿静的男友,后回城当了作曲家。

第一节 诀别

［一束灯光照亮了舞台右侧的牢笼，笼中的人扶着铁棍站起来，他身上的镣铐哗啦啦地响着。

［钢琴教师着一袭黑裙，站在牢笼前，沉默不语。

锅炉工　（尴尬地，用比较容易懂的方言）你……你来了……我还以为你不会来呢，我没有什么事，就是想见见你……

钢琴教师　（把一个包裹递进去）我给你带了点吃的。

锅炉工　我吃饱了，政府让我点了菜。我点了红烧肉，烙大饼，马牙蒜，羊角葱，吃得饱饱的，现在还打嗝呢……哎，进城十年了，还是忘不了这些东西。我知道你嫌我嘴里生葱生蒜的气味，你退后点，别熏着你。

钢琴教师　（百感交集）阿三……三哥……（她将头抵在

铁棍上,尖利地)是我把你害了呀……

锅炉工 （感动地）你叫我阿三?你又叫我三哥啦?（感极而泣）阿静,我的亲妹子,我又听到你叫我三哥了……十年啦,你没叫我三哥十年啦……我知足了……知足了……

〔灯光慢慢熄灭。

第二节　重逢

［钢琴教师的家。在舞台的一角放着一架钢琴。

　　［钢琴教师坐在琴前,弹着一首寂寞的曲子。锅炉工坐在一张方桌前,又拘谨又寂寞的样子。

锅炉工　　阿静,这都什么时候了,建国怎么还不来呢?

钢琴教师　　(继续弹琴,连头也不抬)我说过多少遍了,别"阿静阿静"的好不好?!(猛击琴键,一声轰鸣。锅炉工吃了一惊)难听死了。

锅炉工　　(拘谨地)我怎么称呼你呢?我总得叫你个啥吧?

钢琴教师　　(厌烦地)啥也不用叫。

　　［作曲家提两瓶酒、一束鲜花上。

作曲家　　(夸张地)阿静,阿三哥!

锅炉工 （兴奋地跳起来）建国！

钢琴教师 （缓缓地站起，故做冷漠地）你好！

作曲家 早就听说你们搬回来了。（把酒递给锅炉工）二锅头，劲头儿冲。

锅炉工 （搓着手接酒）怎么好意思，让您花钱。

作曲家 早就想来贺喜了。（把鲜花递给钢琴教师，钢琴教师接花："谢谢。"）可一直瞎忙，今日总算脱了身，来晚了，赔罪，（双手拱拳，夸张地）赔罪！

锅炉工 您这是说哪里的话？快坐快坐！阿静，倒茶！（钢琴教师瞪了他一眼，他顿时气馁，嗫嚅着）倒茶……

作曲家 （故做轻松地）阿三哥，感觉怎么样？是城里好还是乡下好？

锅炉工 （尴尬地搓着手，苦涩地笑）嘿嘿……

作曲家 刚来嘛，难免不习惯。别说你从没进过城，就连我们这些城里长大的，在乡下滚了几年，刚回来也不习惯。

锅炉工 俺是个大老粗，乡巴佬，跟你们不一样……

作曲家 阿三，别这么说，上溯三代，谁不是乡巴佬？退回去二十年,这里是片庄稼地。你先休息几天,熟悉熟悉环境,我们帮你找个工作,你就是真正的城里人啦!

锅炉工 怎么好意思麻烦您……

作曲家 阿三,你这是什么话?十年前,我跟阿静掉到冰河里,要不是你冒死相救,我们俩早就成了鬼啦!那可是救命之恩啊!

锅炉工 (不好意思地)那算什么,那算什么,赶巧被我碰上了嘛……

钢琴教师 (叹息一声)最近又有大作问世了吧?

作曲家 谈不上什么大作,写了几个小曲儿,怀念插队生活的,抒发一下小布尔乔亚的伤感之情。

钢琴教师 (讥讽地)插队时,做梦都盼着离开。为了离开,请客的,送礼的,献身的,动用父母权势的。这才回来几年?又开始怀念了。

作曲家 (解嘲地)所以莎士比亚说:人啊,你这虚伪的动物!

钢琴教师 (讥讽地)是莎士比亚说的?

作曲家 (解嘲地)如果不是莎士比亚,那一定是肖邦。

钢琴教师 (指指琴凳)请吧,中国的肖邦。

作曲家 (活动着手指坐下)献丑啦。

〔作曲家弹琴,心驰神往的神情。钢琴教师站在一侧,手扶琴盖,沉浸在乐曲中。

〔锅炉工尴尬地站在远离他们的地方。他的面前是一个既像窗户又像牢笼的道具。

第三节　断桥

[钢琴教师与作曲家保持着一定距离上。

[钢琴教师猛地挽住了作曲家的胳膊。作曲家犹豫了一下,只好顺从。二人走上这月下的小桥。

作曲家　说点什么吧?

钢琴教师　(怨恨地)我们之间的话,似乎都说完了。

作曲家　怎么会呢?你知道吧,这座石桥,是什么时代修建的?这是秦代的石桥,距今已有两千多年——也许秦始皇曾携宠姬在这桥上漫步,也许汉高祖与吕后曾在桥上对月举觞,也许楚霸王与他的虞姬在这桥上闹过别扭,也许唐玄宗与杨贵妃在这桥上饮酒赋诗,月光下飞动着羽衣霓裳——多少风流人物都化作了历史的灰尘,只留下这被人脚磨薄了的石桥,和这轮千古如斯的月亮,人生短暂如白驹过隙,荣华富贵不过是过眼的烟云,在浩瀚的宇宙中,地球不过是一粒微尘,在月亮的眼睛里,一万年也不过是短暂的瞬间。

钢琴教师　啊,多么沧桑——够了,我不要听你这些谈天说地的废话。

作曲家　我说的是实话。

钢琴教师　谈谈历史,难道就能解除精神痛苦?谈谈月亮,我也变不成嫦娥。谁知道呢,也许你能成为那伐桂的吴刚。

作曲家　我没有那么高的奢望,能变成桂树下那捣药的兔子就行了。

钢琴教师　我只希望能变成月宫里那只癞蛤蟆。

作曲家　可月亮只是一个荒凉的星球,上边没有空气,没有水。

钢琴教师　做了半天仙梦,还得回到地上。建国,你说我怎么办?我们怎么办?

作曲家　按既定方针办。

钢琴教师　什么是既定方针?

作曲家　忘记过去,面对现实。

钢琴教师　你真的忍心让我跟他过一辈子?

作曲家　阿三是我们的救命恩人。

钢琴教师　我已经给他做了十年老婆!我已经把他办进城里,我们给他找了烧锅炉的工作,活儿是脏一点,但工资不低,他已完全可以丰衣足食。那套房子我也不要了,我空身一人离去。我们逢年过节就去看他,将他视为我们的兄长。建国,我知道你没忘了我,同意我跟他离婚吧,我本来就属于你的。

作曲家　阿静,我不否认我爱你。但阿三更爱你。没有你我还有音乐,可阿三没有你会死。

钢琴教师　你要我为他殉葬?

作曲家　人生总是有缺憾,何必这样感伤。

钢琴教师　你根本不懂女人的心。

作曲家　一步错,步步错。

钢琴教师　是你错了?还是我错了?

作曲家　我们都错了。

钢琴教师　我没错。

作曲家　阿静,认命吧。

钢琴教师　不,我不!(悲痛地)建国,我不甘心,我不愿意。我不能欺骗自己的感情,把自己变成一具行尸走肉。

作曲家 其实,我觉得,你对他,也是有感情的。

钢琴教师 我不否认,我感激他的救命之恩,我感激他在我危难之中对我的帮助,但恩情不是爱情。你是艺术家,难道连这点道理都不懂?

作曲家 我听说,你们在农村时,生活还是比较美满的……

钢琴教师 是的,如果我不回城,嫁了他这样一个人,也就知足了。可我回了城,可我知道你还爱我,可我知道我更爱你……你让我怎么忍受?

作曲家 你相信命运吗?

钢琴教师 我不相信。我要现在。我要离婚!

作曲家 你会彻底毁了他。

钢琴教师 我不管他。我问你,如果我离了婚,你会跟我结婚吗?

作曲家 (避开钢琴教师的眼睛)我不愿把自己的幸福建立在他的痛苦之上,他是我们的救命恩人,善良的人……我们不会幸福的。

钢琴教师 (绝望地哭起来,作曲家抚着她的肩膀,她抬起头,目光灼灼)那么,他要是死了呢?

作曲家 他是好人,我们不要咒他。

钢琴教师 (激奋地)他要被车撞死了呢?被酒精毒死呢?我要用刀子捅了他呢?你说,你会跟我结婚吗?

作曲家 (内心震惊)阿静,那样,我们连这月下谈心的机会也没有了。

［钢琴教师捂着脸,哭着跑下。

［作曲家追下。

第四节　诛心

〔钢琴教师坐在琴前弹奏。

〔琴声如诉,月光如水。

〔锅炉工坐在窗棂前喝闷酒,窗棂象征牢笼。

锅炉工　(像是说给妻子听,更像是自言自语)今天是阴历九月十五吧?这月亮明晃晃的,阴森森的,冷冰冰的,照得这房子,像我们的村里那个爬满了蝎子、挂满了蝙蝠的山洞⋯⋯这酒,怎么越喝越冷?我身上起了一层鸡皮疙瘩⋯⋯要不是改成集中供暖,锅炉房该加压试水啦。大卡车拖着明晃晃的煤块子深更半夜地开进院子,轰隆、轰隆⋯⋯煤块子堆成了山。鼓风机呜呜地吹着,炉膛里的火轰轰响着着起来了,炉门一开,亮得耀眼啊,烤得皮又痛又痒,多么舒服,铲上一锹煤,我这么一转身,一伸臂,唰,小燕儿似的,煤块飞进了炉膛,像燕子飞进了窝。煤被烧得冒出了焦油。汗珠冒出来了,毛孔张开了,就像六月天在田里锄高粱一样……真像那喇叭里吆喝的,"辛苦我一个,温暖千万家"……(喝干一杯酒,猛拍桌子)可偏他妈的要改成集中供暖!说什么烟囱冒黑烟污染环境,我们村里家家户户的烟囱都一天三遍冒黑烟,也没见到污染了环境。天比这城里的蓝,水比这城里的绿,人比这城里的人结实,连苍蝇蚊子也比城里的个头大。集中供暖了,烟囱不冒烟了,可这天不照样乌烟瘴气吗?这水不还是一股化学味儿吗?这人不还是一个个板着脸像死了娘一样吗?(瞧一眼妻子,妻子继续弹琴,又倒一杯酒)集中供暖,砸了我的饭碗,我日你祖宗个集中供暖!(喝酒,捶桌,低头,俄顷,又抬起头,神往地)九月老秋,高粱红没?红了,早红了,收回家了,连头道高粱新酒都烧出来了……棉花白了吗?白了,全白了,白花花一片一片又一片,像大雪漫了地,大闺女小媳妇,都去摘棉花,唱着歌,左一把,右一把,左右开弓大把抓……地瓜呢?地瓜也刨回家了,红皮的,白皮的,红瓤的,白瓤的,大葱,大蒜,大白菜,红萝卜,红辣椒,大肥猪,大黄牛,大黑驴,大老娘们扛着光腚的娃娃,头上扎着小辫儿……偏他妈的要集中供暖。集中供暖,砸了饭碗。我这算是干什么吃呢?能不能不集中供暖,我给你们白干行不行?行不行?!

〔钢琴教师弹出的曲调猛然激昂狂暴起来,她通过琴键发泄心中的不满,她的身体大幅度晃动着。

锅炉工 (摇摇晃晃站起来,醉眼蒙眬地)我问你哪!你聋了吗?你哑了吗?

〔钢琴教师继续弹琴。

锅炉工 (趔趄到钢琴前,硬着舌头)谁让你集中供暖?(钢琴教师继续弹琴,锅炉工猛地掀翻琴盖,压住了她的双手)能不能不集中供暖?!

〔钢琴教师冷冷地盯着锅炉工。锅炉工故做强硬,但片刻他即浑身颤抖起来。他手忙脚乱地掀起琴盖。钢琴教师并不拿开双手,她保持着僵硬的姿势,闭上了眼睛。

锅炉工 (扑跪在钢琴教师前,忏悔地)阿静——不不不,你不让我叫你阿静了——对不起你,我是个混蛋,我该死,我压坏了你的手了。(他拿起钢琴教师的手)

钢琴教师 （冷冷地）放开。

锅炉工 （忏悔地）我混蛋，我帮你揉揉。

钢琴教师 （冷酷地）放开。

锅炉工 （讪讪地缩回手，抽了自己两个嘴巴）我认错了，你原谅我吧……原谅我吧……

〔钢琴教师手指按在琴键上，弹出一串杂乱的音符。

锅炉工 求求你，给我找个工作吧，再这样闲下去，我要疯了……

钢琴教师 （从衣袋里摸出钱，扔到锅炉工面前，冷冷地）这是昨晚上教琴挣的。

锅炉工 （盯着地上那几张钱，像盯着毒蛇一样，他的自尊心受到巨大伤害。站起来，狂暴地）我他妈的算是什么？男人吗？不是！是人吗？不是！我连条狗都不如。

钢琴教师 （冷冷地）收起你那点可怜的自尊心吧。男女平等嘛。当年在农村时，你养活我，现在，我养活你。

锅炉工 （痛苦地）我没出息啊，靠老婆养活……不，我不干，我是男子汉大丈夫，我自己养活自己，我不但养活自己，还要养活老婆，我不让你半夜三更地教人家弹琴,我要你坐在家里舒舒服服地弹琴!(软弱地)求求你了,对建国说说,帮我找个工作吧,什么苦我也能吃,什么罪我也能受,掏大粪也行,背死尸也行,求求你啦……

钢琴教师 (冷冷地)别吵了,你也不用去掏大粪,更不用去背死尸,我只求你别吵,别闹。

锅炉工 (沮丧地)实在不行,我就回去吧……我知道我挡了你和建国的路……

钢琴教师 (心中泛起一丝温情)算了,别说这些没用的了。

锅炉工 (冲动地)我明天就去找建国。

钢琴教师 你以为他还会要我吗?!(起身拿脚盆倒水,脱鞋洗脚)

锅炉工 就让我给你洗脚吧。

〔钢琴教师摇头,苦笑。

锅炉工 (蹲在妻子面前,为妻子洗脚)咱们,要个孩子吧……我干不了别的,在家当老婆看孩子吧。

钢琴教师 (冷漠地)我没有生育能力了。

锅炉工 (冷笑)你瞧不起我!(提高声音)你嫌我出身低贱,你不愿为我生孩子!

钢琴教师 （冷冷地）我说过了,我没有生育能力了!

锅炉工 （跳起,从抽屉里摸出两个药瓶扔到妻子面前）这是什么?你欺负我不识字?可天下总有识字的人!你跟我结婚后,就偷吃避孕药,你还说是什么维生素!

钢琴教师 （冷冷地）养一个孩子,每月要五百元!你有钱吗?连你都要靠我养活!

锅炉工 （尖利地）老子去卖血!

钢琴教师 （讥讽地）你有多少血卖?

锅炉工 老子去——

钢琴教师 你能去干什么?

锅炉工 老子去偷!去抢!

钢琴教师 真能去偷去抢,也算你有出息!

锅炉工 （恨恨地）你——!你等着瞧吧!

第五节　血钞

　　[银色的月光变成了黄色的月亮。这一节的气氛既压抑又疯狂。

　　[钢琴教师坐在钢琴前。她弹琴的动作幅度很大,钢琴发出急风暴雨般的轰鸣,暗示着人物内心的巨波狂澜。

　　[锅炉工坐在窗前喝酒。他穿着一套簇新的,但看上去别别扭扭的西装。

锅炉工　(兴奋地、前言不搭后语地)好东西,真是好东西!有了这东西,要什么东西就有什么东西!(转脸问妻子)你知道我说的是什么东西吗?(钢琴教师猛敲琴键)你当然知道我说的是什么东西。对,钱,是钱。钱,你真是好东西。自从我有了钱,这天,变蓝了！路,变宽了！走在街上,那汽车也不对我瞪眼了。我的脚也实落了。我抬头望天,天不打转转了;我低头看地,地不打旋旋了。我在大街上走路不头晕了;见了城里人不害怕了。怕什么？什么也不怕,老子有钱！我进了商店,那些涂脂抹粉的娘们,再也不敢用白眼珠子瞅我了。她们龇着牙咧着嘴,对着我笑,好像我是她们的爹。有了钱就是爹,就是爷爷,没有钱就是儿,就是孙子。连墙角上那个烤地瓜的老太太,往常见了我,把嘴一撇,鼻子一皱,那张脸,像个发了芽的土豆。现在,大老远就吆喝,就笑,那张脸,像个开了花的窝头——师傅,刚出来的地瓜,我给您留着哩！——狗眼看人低的东西,谁稀罕你那地瓜?！老子要下大饭店,吃鱼吃虾,吃明盖的大王八！老子要吃肉,红烧肉,焦熘肉,回锅肉,手扒肥羊肉！老子要喝酒,白酒黄酒葡萄酒。钱,好东西,有钱买得鬼拉犁,可是你——你他妈的你——板着你那张脸,好像一块青瓜皮！这大半年来,已经不是你养活我,而是我,养活你！(站起来,摇摇晃晃地走到钢琴前,钢琴教师发疯般弹琴)你,不就是会弹两下破琴吗？街上弹棉花的声音,也比你弹出来的声音顺耳。我给你的钱,已经不少了吧?第一次八百六,第二次五百四,第三次三千九,第四次四千七!你给我多少钱?三十,四十,最多一次四十八,最少一次六块九。可是你苦瓜着张寡妇脸,好像我前辈子就欠你的。我还没死呢,你就给我戴了孝,一天到晚,穿着这件该死的黑袍子!我到底用多少钱能买得你一笑?到底给你多少钱才能让你放下臭架子?!(暴怒地用拳头擂着琴键,琴声如雷鸣)你说!

［钢琴教师停止弹琴,冷冰冰的目光直逼锅炉工的脸。

锅炉工 (从床下拖出一个黑色的塑料袋,从袋中摸出一叠叠人民币,往钢琴上和钢琴教师身上抛掷着)给你!给你!老子是一家之主,老子弄钱养你!从今后你别给我去教这见鬼的钢琴,我要你替老子做饭洗衣!

［一叠沾着黑红血迹的人民币散开。钢琴教师大吃一惊。

锅炉工 你不用对我瞪眼!(捡起一张钱触到钢琴教师鼻子边)告诉你吧,这钱上沾的是血,你闻闻是不是有股血腥气?老子过了今日不管明日,活一天就要活出点男人骨气。(趔趔趄趄回到桌边,沉重地坐下)过来,给老子斟酒!

　　[钢琴教师过去,给锅炉工往大碗里倒酒,锅炉工端起酒碗一饮而尽。她连倒三碗,他连干三碗。

锅炉工　(舌根发硬地)你养活我时,我给你洗脚……我养活你,你给老子洗脚!

　　[钢琴教师端过脚盆。

锅炉工　给老子脱鞋!

　　[钢琴教师蹲下给他脱鞋。

锅炉工　(捏住钢琴教师的下巴)你……给老子笑一个!

　　[钢琴教师冷冷地仰望着他。

锅炉工　(狂怒,扇了妻子一巴掌)你这臭娘们……不会笑,你……会不会哭?

　　[锅炉工挥臂又打妻子时,身子一歪,栽倒在地,随即鼾声大起。

　　[钢琴教师捡起一张带血的人民币,匆匆下。灯光暗。

第六节　忏悔

　　[舞台渐暗,囚笼一角亮起。这里也是第一节的继续。

锅炉工　（感动地）阿静,我的好妹子……想不到临死前还能这样叫你,我死了,也值了……

钢琴教师　（酸苦地）阿三哥……

锅炉工　（愧疚地）阿静,我做了一件对不起你的事……我把你瓶里的药,偷换成了维生素,维生素养人,不伤人……

钢琴教师　（伸进手去握住锅炉工的手,百感交集地）阿三……你这憨人哪……

锅炉工　我偷换了那药,都三个月了。你……你还没有吗?

钢琴教师 （痛极,歇斯底里地）我有了——

锅炉工 （狂喜）你有了？我的阴谋得逞了！我留下自己的种了！（痛苦地）娘啊,你放心吧,咱家断不了根了……阿静,你一定要教他学钢琴,让他像你一样,三岁就学,让他弹得比你弹的还要好,比建国弹的也好,我的孩子,也是钢琴家,作曲家……我真羡慕你们,我听到你们让这个机器,发出那么好的声音……你不在家的时候,我偷偷地坐在你的凳子上,掀开琴盖儿,偷偷地,大着胆儿,去按那些键,它们发出那么大的声音,吓得我心里怦怦直跳……我看到琴盖的黑漆上,映出了我的脸,一个乡巴佬儿的脸,一个老丑老丑的脸……我心里头热乎乎的,我能跟一个三岁就学弹钢琴的女人困觉,让她成了我的老婆,还让她怀上了我的孩子,给我留下了种子,我还有什么不满足的呢？阿静,趁着你还没烦我,让我多叫你几声吧。我对不起你,我耽误了你,我让你生气了,我知道你受了多大的委屈,我真是个混蛋,我早就该自己回到村里去,不让你为难。你是落难的凤凰被公鸡欺负了。阿静……

［钢琴教师捂着脸,哭着欲下。

锅炉工 阿静,你不要走,我有话对你说。……我是个坏人,我的心很黑很黑,像锅炉房里的煤炭一样黑……

钢琴教师 阿三哥,你不要说了,你是个好人……

〔钢琴教师捂着脸踉踉跄跄地跑下。

锅炉工 阿静……我不是你们的救命恩人,我知道你们俩谈恋爱,我知道你们每天都要踩着冰过河到那个山洞里去……我的心像被虫子咬着一样难受啊……我知道立春之后河里的冰就酥了,我利用帮饲养员方七替班那个机会,用牲口棚里的大锅,烧了一锅开水,趁着人们都在家里吃晚饭的时候,我挑着两桶开水,浇在你们经常走过的冰面上,然后我就趴在河边的酸枣丛里等着你们,我看到你们俩拉着手儿来了,我还听到你说:"河里怎么有一股酸溜溜的味道呢?"你们果然掉到冰窟窿里了,我原本只想把你救上来,但他在水里挣扎的样子让我的心里很痛,于是我把他也救上来了……我是个坏人,是个谋杀犯,是个骗子,但你们把我当成恩人,县里还把我当成英雄,发给我一百元奖金,还给我发了一张奖状,后来,你还嫁给我……其实,早就该枪毙我了……

〔灯暗,囚笼撤下,锅炉工下。

第七节　心死

〔一轮绿幽幽的月亮,照耀着似曾相识的小桥,舞台上的一切都是绿幽幽的,钢琴教师和作曲家的脸像鬼脸一样。

钢琴教师　(忏悔地)看来,把他办进城市,是我犯下的一大错误,可我当时还认为那样做,是报了他的救命之恩,也维护了道德仁义。

作曲家　你把他办进城里并没有错,你错在用一种独特的方式把他伤害。

钢琴教师　(愤愤地)我打不还手,骂不还口,还要我怎么样?

作曲家　可怕的问题就在这里,你让他感到了你对他的极端蔑视。尤其是他失业后,你一次次给他钱,更让他感到自尊丧尽,于是,他错误地选择了用获得金钱来赢回自尊的方式。可怜的阿三!

钢琴教师 (心虚地)我也没想到会是这种结局。

作曲家 (摇头)我问你,他前前后后给过你多少次钱?

钢琴教师 (略一思索)大概是九次,或是十次。

作曲家 每次都是不小的数字?

钢琴教师 对,不小的数字。

作曲家 你接钱时想没想过这些钱的来路?

钢琴教师 (虚怯地)没想过……他说他是给人家干活挣的。

作曲家 他既无文化又没技术,干什么活能挣到这么多钱?你的心里真的没有怀疑?

钢琴教师 (语塞)这……

作曲家 不要掩饰了,不要不敢承认你计划的周密。

钢琴教师 (着急地)我没有计划!

作曲家 (冷笑)请让我看着你的眼睛,让我看看你的灵魂是不是清澈见底。你先是用冷漠激怒他,让他感到自卑,继而又用金钱刺激他,让他发狂。你像一个高明的心理学家,不动声色地诱导着他,让他一步步走向深渊,终于,你看到了带血的人民币,预期的结果出现了,就像成熟的苹果砰然落地。然后你灌醉了他,拿上他的罪证,到派出所报案。你干得多么漂亮,多么严密。平日里你像一个逆来顺受的贤妻,关键时刻又成为大义灭亲的英雄,谁也不能对你说出半个不字……

钢琴教师 (虚弱地)你……你胡说……

作曲家 (悲凉地)昨天,刑场上一声枪响,一个糊糊涂涂的生命,就这么糊糊涂涂地结束了,你的心里难道没有一丝波澜,竟然还要商量我们的婚礼。你把我们的救命恩人送上刑场,你的手好像是干净的,但你的灵魂已沾上了阿三的鲜血。你的智商太高了,想起来我就不寒而栗……

钢琴教师 (掩面恸哭)我是为了爱情……

作曲家 (叹息)爱情啊,多少罪恶假借了你的名字!既然要把你推上绝路,当初何必要嫁他为妻?

钢琴教师 (停止哭泣,眼睛里放出仇恨的光芒,阴森森地笑着)你问我为什么要嫁他吗?哈哈,你竟然还问我为什么要嫁给他!你应该问问你自己。想当年你被推荐回城上大学,临别时你对我立下了山盟海誓。就在后山那个蝎子爬行、蝙蝠横飞的岩洞里,我为你献出了处女的身体。你让我等着你,我就等着你,你起初三天来一信,后来一月来一信,再后来就如远飞的黄鹤,杳无信息。可我的肚子渐渐大了,我怀上了你留下的孽子。在那个年代里,一个女青年未婚先孕,要遭受多大的压力?何况我又是"黑五类"的子女,爹跳楼,娘病死,我一个弱女子,就像伤翅的小鸟,无枝可依。阿三他一家不嫌弃我,阿三当着众人宣布,我肚里的孩子是他的。不久,我产下了你的死婴,大出血啊,是阿三抽血救了我——阿三哥……我对不起你——就这样,我嫁给了他,你那时在哪里?你那时正与那位拉提琴的花前月下,你可曾想到我在死亡线上挣扎?

作曲家 (浑身颤抖,张口结舌)所以,你们进城后,我从内心里感到高兴。

钢琴教师 阿三救过你一次命,可他救过我两次命,所以我明知道不爱他,为报恩还是把他办进了城。我本以为对你已经情断意尽,可当我在音乐会上见到你时,心中的感情又死灰复燃。

作曲家 我知道我有亏于你,所以我真诚地祝福你与阿三能够美满幸福。

钢琴教师 （讥讽地）是啊,你是多么高尚,简直是个道德完人。你明知我爱你,但你却坚决反对我和阿三离婚。

作曲家 我已经害过了你,我怎能再害阿三,这个善良的好人。

钢琴教师 我爱过我吗?

作曲家 当然。

钢琴教师 那你为什么要跟小提琴手结婚?

作曲家 你可以骂我道德败坏,但我想是因为我年轻无知。

钢琴教师 当我在月下提出跟阿三离婚跟你结婚时你还爱我吗?

作曲家 从来没像那时那样爱你。

钢琴教师 可是你拒绝了我,并对我进行道德说教。

作曲家 我的确是不想伤害阿三啊!

钢琴教师 你是多么虚伪。是你把我推上绝路,这场戏的真正导演是你。你多么深刻啊,像个大法官一样开设道德法庭,像个大侦探一样进行推理练习。你不但是个作曲家,你更是个逻辑学家,丝丝入扣,鞭辟入里。你把我说成杀人凶手,你起码是我的同谋,我欠阿三半条命,你不但欠阿三半条命,你还欠我儿子一条命,你还欠我的一条命——我也许还能活下去,但活着的仅仅是肉体,我的心已经死了……

作曲家 也许……我们真的可以登记结婚了……

〔钢琴教师无声无息地往台下走去。

作曲家 (伸出双手,对着观众)人生就是一场悲剧,谁也逃不过去。

——剧终

附 录

在话剧《我们的荆轲》剧组成立新闻发布会上的发言

各位朋友：

在中国，一个作家的剧本，能被北京市人民艺术剧院搬上舞台，是一件值得高兴的事。为此，我要感谢张和平院长，感谢任鸣导演，感谢剧组的全体演职员。

尽管我是写小说出身，但对话剧，一直有着深深的迷恋。我最早变成铅字的是小说，但真正的处女作，却是一部名为《离婚》的话剧。那是1978年，我在山东黄县当兵时的作品。那时我在电视上看了一部名叫《于无声处》的话剧，又读了曹禺、郭沫若的剧本，便写了那样一部带着明显模仿痕迹的剧本。此剧本被我投寄到很多刊物，均遭退稿，一怒之下，便将其投掷到火炉一焚了之。

1999年，与朋友王树增合作了一部名叫《霸王别姬》

的话剧,曾由空军话剧团搬上舞台,在人艺小剧场演出过。也曾到慕尼黑参加过欧洲戏剧节,到埃及参加过非洲戏剧节。2004年,我跟随这个剧组到马来西亚、新加坡演出,感受到了海外观众的热情,也感受到了话剧艺术的独特的魅力。

《我们的荆轲》是我的第二部话剧。

我曾经扬言要写三部历史题材的话剧,但第三部迟迟没能动笔,但我想,总有一天我会把它写出来。

我觉得,小说家写话剧,应该是本色当行。因为话剧与小说关系密切,每一部优秀的小说里,其实都包藏着一部话剧。

《我们的荆轲》取材于《史记·刺客列传》,人物和史实基本上忠实于原著,但对人物行为的动机却做了大胆的推度。我想这是允许的,也是必需的。

所有的历史,都是当代史;所有的历史剧,都应该是当代剧。如果一部历史题材的戏剧,不能引发观众和读者对当下生活乃至自身命运的联想与思考,这样的历史剧是没有现实意义的。

当然,更重要的是,任何题材的戏剧最终要实现的目的,与小说家的终极目的一样,还是要塑造出典型人物。

这样的人物是独特的又是普遍的,是陌生的又是熟悉的,这样的人物是所有人,也是我们自己。

沈从文先生曾教导他的学生汪曾祺先生,"要贴着人物写"。其实,不仅小说家要贴着人物写,剧作家也应贴着人物写,演员也应贴着人物演。我希望剧组的每个人都能发挥自己的创造力,依据剧本但不拘泥于剧本,争取能将《我们的荆轲》变成所有观众的荆轲。

谢谢!

"我就是荆轲!"
——答新浪娱乐记者问

9月25日,莫言编剧、北京人艺出品的话剧《我们的荆轲》在首都剧场进行最后一次演出。针对近一个月的演出,各方观众对此剧的诸多疑问,日前,编剧莫言为自己这部话剧给出了详细的揭秘。

荆轲刺秦的真相——为天下?为诸侯?为报恩?为侠士之名?

问:您当初为什么会写这个话剧?又为什么会选择荆轲这一家喻户晓的历史人物来作为自己故事的主角呢?

答:写戏的动力,一是兴趣,二是内心深处有话要说。

《我们的荆轲》这个戏题材的选择是有挺大偶然性的。我曾经给空军话剧团写过一个小剧场话剧《霸王别姬》，演出后获得很大成功，由此也激发了我写历史剧的热情。空军话剧团在那之后也希望再排历史剧，请了一位编剧写荆轲的故事，话剧团希望我参与改编。我看了之后觉得人家写得挺好，但是我不想按照传统历史剧的套路来写这个故事，我希望能够解构它，并且上升到一个哲学层面来讨论它。于是，在非典时期，我闷在家里一个星期，写出了这个剧本。后来部队整编，这个剧团不存在了。这个剧本就闲置了，直到人艺的任鸣导演看中了它。

问： 无论是文学界还是史学界，对荆轲刺秦这一事件都有很多版本在讨论，您到底怎样解读这个故事，或者说您笔下的荆轲到底为了什么而刺秦？

答： 这个故事是个几乎全民熟悉的故事，无论来源是《史记》、野史或者戏剧戏曲。对我来说这是个优势，也是个难点。每个人心中都有一个自己的荆轲，我怎样用严密的推演，把我心中这个故事讲出来，让别人看了能够理解和接受，这是我一直考虑的问题。

《我们的荆轲》里，荆轲最初显然是为了遵循一个很常规的侠客道的规则,包括各种明的和暗的规则,而被卷入刺秦这件事。他刺秦的目的从一开始就很模糊。他也在不断寻找自己行为的支点,为自己构建一个刺秦的目的。但是随着事态的发展,每一个理由都难以说服自己。为了人民不成立、为了正义不成立、为了公道也不成立……于是他寻找到一个千古流芳作为自己刺秦的意义,一个看似激动人心的意义。然而随着刺秦时刻的接近,随着他与燕姬之间沟通的逐渐深入,千古流芳的意义其实也被消解掉了。最后,荆轲刺秦只是成为了一件箭在弦上不得不发的事。根本没有目的!自然也没有意义。

问:您怎么界定荆轲最后的刺杀行为,悲剧或者闹剧?

答:这是一个以我们目下的戏剧观念很难定性的戏。它有悲剧成分、有喜剧成分、有闹剧成分,或者我们可以称之为正剧。但我觉得以古希腊概念的悲剧(而不是以当下作为喜剧对立面的悲剧)来界定这个戏,还可以算是比较准确的。

燕姬的真相——杜撰抑或史实？

问：燕姬是您为剧情需要创造出来的人物吗？她有历史原型吗？

答：《史记》上记载燕太子丹确实给荆轲送过"美人"，也可以算是有原型吧。只是当时是不是就送了这么一个，而且是他自己的姬人，而且还是一个当初嬴政送给他的姬人，那就不得而知了。

问：关于燕姬，您最后为什么给了她和荆轲如此出人意料的结局？

答：我不知道。最初并不是这样设计的。写到这里就觉得，应该是这样，于是我的笔就变成了刀。也许是因为"你知道得太多了"，也许是因为"她是不是爱着秦王"，也许是因为"西施和范蠡的故事太不可能了"，也许是因为"我看见你就像看着镜子"……这是个开放式的设计。不管观众认为是为什么我都觉得是对的。

问：她是这个剧中唯一的女性，您让这个唯一的女性作为最清醒的存在有什么深意?

答:当荆轲刺秦这件事运转到一定程度时,这个女人成了最大的情节推动者。我的作品里经常是女性很伟大,男人反而有些窝窝囊囊的。我一直觉得,男人负责打江山,而女人负责收拾江山,关键时刻,女人比男人更坚韧,更给力。家,国,是靠女人的缝缝补补而得到延续的。

问:燕姬在与荆轲对话时,曾提出担任刺秦副使,这是否意味着她也未能免俗呢?

答:人总是在互相改变的。荆轲无疑在被燕姬改变,但燕姬很可能也在被他改变,或者被他们两个所讨论的东西改变。不过我觉得,她也有可能仅仅是为了逃离燕国,她被自己谋划的西施与范蠡的远景吸引了。就算她是清醒的,谁说最清醒的人,就一定能够免俗呢?

燕太子丹的真相——为国仇还是私怨?

问:您对燕太子丹的塑造更多地来源于历史还是演绎?这个人物似乎与以往我们印象中的不太一样,甚至有点跳梁小丑般滑稽,是您的初衷还是仅仅是舞台呈现的效果？您为什么这样处理这个人物？

答：我说过,这个作品里没有纯然的坏人或是好人。燕太子丹这个人物在历史上就没有定位,没有对这个人物心理的刻画。这个人作为在秦的人质,居然从秦王手中成功遁走,又组织了这场功败垂成的刺杀案例,在人们心中,这个人物必然是有城府的。我还没有看到演出,尽管我不知道他还能很滑稽,但是我至少能明确我没有把他设计成阴险毒辣,二次创作让这个人物呈现这种效果,我是很能认同的。算是个意外收获吧。

问：您认为燕太子丹组织这样一场刺杀的目的何在？

答：我觉得在这一干人中,太子丹刺秦的目的应该是相对单纯也相对明确的——就是救燕。他的救国之心肯定是真诚的。但是值得一提的是,以他统治者的身份,救国就是救自己。国仇和私怨在他而言,难以割裂。

莫言的真相——从"我们都是荆轲!"到"我就是荆轲!"

问：您说过:"这部戏里的人,其实都是生活在我们身边的人,或者就是我们自己。"《我们的荆轲》是否传递出了您自己的某种价值观?是否有您自己的影子?

答:肯定是的。我自己经历了这种过程,之后发现,名利皆虚,"神马都是浮云"。但是总要有一种东西支撑我们活下去,人都是有缺陷的,你不可能达到完美,但你至少可以追求纯粹。我在写这个剧本时,前几稿都在追求共性,我希望表达:"我们都是荆轲!"改到最后这一稿,我放弃了之前的立场,我只是表达清楚:"我就是荆轲!"我的目光也从外部转向了内心,这也使我的创作从复杂转向单纯。

问:您也说过:"我们对他人的批判,必须建立在自我批判的基础上。"那么您是以批判的态度来创作这个戏的吗?

答:批判是肯定有的,但是同时也有歌颂。批判过度的欲望,歌颂人的觉醒。就像戏里说的,每个人既是英雄,也是懦夫;既是君子,也是小人。别人我不知道,反正我是这么看的。当荆轲持图携剑走上刺秦之路时,他依然是个小人;但当他在易水河边呼唤"高人",看到了蝼蚁样的自己时,他已经成了英雄。他没有等到来自他力的拯救,但是他已经完成了对自己的救赎。这种觉醒，是值得我们钦佩和歌颂的。

话剧的真相——我有成为剧作家的野心

问：很多之前获茅盾文学奖的作品都曾通过改编在影视领域获得成功，您之前的作品《红高粱》被改编为电影后更是家喻户晓，还有根据《白狗秋千架》改编的《暖》也在东京电影节获奖，对于此次获奖的《蛙》，您有将其改编的打算吗？

答：现在，较之于八十年代，电影对小说的依赖度似乎有所降低。《蛙》当然是一部可以改编成电影的小说，也可以改编成话剧，但我自己暂时不会去改，我想创作新作更重要。

问：您怎么看待文学作品的改编？您觉得写剧本和写小说有什么不同？

答：小说改编成影视或舞台作品，都是个选择的过程。选取精华，扬弃糟粕。改编者的眼光和水平，决定了他们能发现什么样子的小说，也决定了他们改编出的作品与原作的区别。话剧是离小说最近的艺术,其实,可以将话剧当成小说写,也可以将小说当成话剧写。至于影视剧本,有自己的艺术要求。我对此没有太多发言权。

问:有人认为您在《我们的荆轲》这部作品里不仅解构了一个刺客,解构了一个荆轲刺秦的故事,甚至解构了历史,解构了我们一直以来的历史观。您是怎么看待这个问题的?或者说,这是您的初衷吗?

答:历史剧,其实都是现代人借古代的事来说现在的事。但古代的事到底真相如何,其实谁也说不清楚。我们现在看到的历史,我觉得都被严重加工过。我想,所谓古人,从根本上看,跟我们没有什么差别。因此,我没有刻意去解构历史,我只是把古人和现代人之间的障碍拆除了。

问:您在文学界已经获得了毋庸置疑的成功,您怎么评价自己在戏剧创作方面的表现?

答:戏剧创作方面,我是一个学徒。但我有成为一个剧作家的野心。

问:您对《我们的荆轲》的舞台呈现有什么期待?您

对人艺的演员演绎您的作品有什么期待?

答:我对人艺的班底非常信任。剧本完成了,剩下的工作归他们,我不掺加任何意见。

(原载2011年9月新浪娱乐)

文学没有"真理",没有过时之说
——答《人民政协报》记者问

第八届茅盾文学奖的揭晓和近日话剧《我们的荆轲》在北京人艺的上演,让公众的视线再一次投射到著名作家莫言的身上。莫言的茅奖折桂是众望所归,《我们的荆轲》则是其在大剧场话剧的首次试水。在《我们的荆轲》中,莫言以其对现实问题的大胆披露和对人性弱点的深刻批判赢得了赞誉。本报日前专访了莫言,请他谈谈他心中的戏剧与文学。

演绎每个人都要思考的终极问题

问:莫先生,您好!您的话剧《我们的荆轲》根据《史记》敷衍而成,荆轲刺秦的故事经您演绎,另有一番深意。比如,荆轲变成了一位从最初简单地想要"成名"到最后拥有清醒的无奈这样的人物。您为什么要这样写?

答:我没有刻意去解构历史,我只是把古人和现代人之间的障碍拆除了。《史记》中荆轲刺秦故事比较简单,司马迁只写人物行为,没写人物心理。我根据这个简单故事演绎出一台大戏,故事的背后和人物的动机是我的理解。心理分析成为剧作的重点。

在这部戏开始时,荆轲和一般侠客一样,想一夜成名,他追求的终极目标是报太子知遇之恩,刺杀秦王,成就千秋大名——哪怕豁出身家性命。但后来他觉得这一切没有了意义,因为行刺师出无名,由此引发对人的价值的思考。戏中荆轲最后刺秦的时候,已经没有任何功利,也没有正义和非正义,只是一场无奈的表演。他什么都明白了,但看客不明白。这有点像幕后交易的足球赛,球员们装模作样地踢,观众却在那里揪着一颗心看。

问:历史中的"荆轲"变成了"我们的"荆轲,您说您想讲的是自己心中的故事,每个观众都能从荆轲的身上看到自己,剧中也出现了诸多现代的语言和行为方式,以及对传统观点的重新诠释。

答：这部戏，有很多后现代的切入方式，它不时地出现，是为了强调和提醒：我们是现代的人，我们要对舞台上所扮演的一切进行思考，而不要过分沉溺在历史情节里。一部历史戏必须让观众看得到自己，看到身边的人，这才是有意义的，观众也才会往下看。这部戏最终引发的肯定是对当下社会的思考和对自我的思考，尤其对自我的思考。我们忙忙碌碌、奋斗努力，可到底要实现什么目标？目标的终极意义是什么？什么是完美的人？人怎样走向完美？这是每个人都要思考的终极问题。我希望观众通过舞台上展示的小圈子来考虑现实中自己置身其中的小圈子。

问：您认为您的文坛"小圈子"和剧中所谓侠客这个"小圈子"有何相似之处呢？您从中看到的是怎样的自己？

答：文坛就是"侠坛"。这部剧里我的很多理解都是由我所处的文坛触发的。文坛是一个社会圈子，有为民请命的人，有埋头苦干的人，有站在高高的树枝上唱高调的人，也有倚老卖老的人……

我自己的灵魂深处也藏着一个荆轲,当然我没有刺杀秦王。我说的是一种心路历程。我也经历着逐渐认识自我、否定自我的过程。我对自己过去的行为、过去的作品一直不断地否定,不断地否定自己很多浅薄的想法,作品中很多不成熟的思想表述,不完美的呈现。

当年初入文坛,我也想要出名,表现自己,后来我慢慢地认识到有更高的更有价值的东西等待着我去追求。

问:这个更有价值的东西是什么?

答:就是通过写作,不断地改变自我,使自己最终成为一个比较好的人。

问:您的小说以丰富的想象见长,有时还会故意使用一点光怪陆离的描述性语言。但是话剧是要"说话"的,和小说有所不同。那么,您写过那么多小说,后来写话剧,您对驾驭话剧式的语言感觉如何?

答:写了小说再写话剧,觉得更难写,也更有挑战性。但当看到你的剧本在舞台上呈现出来,感觉是不一样的。我以前也有作品被改编为电影剧本,但是电影剧本对语言艺术性和文学性的要求并不是特别强,话剧真正是一门语言的艺术。

我觉得我是有这方面的才华的。我过去的小说里，过于炫目的语言把我写对话的本领给遮蔽了，写话剧能激发我在对话方面的才能。

小说和话剧实际上可以兼顾——很多作家都是这样的。老舍先生写了很多剧本，也写了很多小说；迪伦马特、契诃夫、萨特等也都写过剧本，萨特作为剧作家的成就其实大于他作为小说家的成就。中国作家更有优势，因为中国的传统小说非常重视人物对话，每个人物所讲的话都要符合人物性格。

问：您怎么看话剧这种艺术形式？还有继续写话剧的打算吗？

答：我最初认为话剧就是一群人在舞台上吵架，是以吵架的形式呈现的，现在明白，不是那么简单。话剧的终极目的和小说一致，是写人，挖掘人的精神世界，内心矛盾，最终还是对人的认识。

下一步我要写我的第三部话剧，一部纯粹现实的话剧，争取在 2012 年完成。

问：您觉得好的文学作品有什么共同的标准吗？

答：好的作品首先要好看！好看，不是卖弄噱头吸引读者和观众，而是一个整体的概念。第一，它的故事要非常精彩。第二，要塑造丰富、立体、典型、有个性的人物。人物既是很多人的集合，也是他独特的一个人；这个人物既能让读者想到他人，想到社会，也能想到自己，这是一个很重要的标志。第三，出色的语言。文学艺术是玩语言的，如果一个作家的语言很别扭，疙疙瘩瘩的，那么他的作品也成不了好作品。所以好的作品是完美的综合体。

问：您如何看待当下中国作家群落创作能力普遍不如从前的现状？您认为作家应以怎样的态度来写作？

答：我们确实怀念我们自己的八十年代，我们敬仰十八世纪、十九世纪的大师。可是再过五十年，也许人们也会怀念当下，怀念目前这个时代。鲁迅在当年有很多人骂他，张爱玲甚至没有人瞧得起她，沈从文是几十年之后才被发现的。所以作家在写作的时候，不要考虑千古流芳，不要考虑洛阳纸贵，就做一次最完美的呈现，作品出来后，接受与否，随其自然。

问：那您对当下文学创作的生态有何看法？

答：这是水到渠成的事情，只要无害就可以存在。对我而言，我的读者始终就是这样一个群体，我该怎么写，还是怎么写。不会因为环境而改变自己最基本的想法。当然每个作家也有自己的局限性。

问：您的局限性在哪里？

答：我的局限性就在于我的生活经验。我熟悉农村，我熟悉八十年代、九十年代，对城市相对陌生，对八零后、九零后年轻人的精神世界相对陌生。

问：您对这种陌生有感触吗？

答：感触很强。我回乡下看二十多岁的年轻人和我们当年完全不一样，追求有着天壤之别。我以我的经验推度五十年代、七十年代的人，还不至于产生太大的误差，如果还以当年的想法来推度这一代人，肯定错位了，这就需要新一代的作家来写他们的生活。

问：您对现在新一代年轻的作家有什么看法？

答：这一代作家自我的体验丰富细腻，但社会视角狭窄、历史感淡漠。我接受、理解这代人。因为回想我们当年写作的时候，当时文坛的老一代作家对我们也有看法，有这样那样的忧虑，一转眼我们也变成了那个年龄段的人，所以我们对现在的年轻作家应该宽容理解。

问：您认为伟大作品的产生和作家的历史感之间有必然的联系吗？

答：现在对伟大作品的定义也是我们这一代和前辈确定的，下一代人也许就会重新定义伟大的作品，它也许就是内心的深刻的体验，杯水波澜……文学的东西没有必要设置这样那样的框架，更没有为它们设置道路的可能。

问：对文学个人化的肯定在文学史的历程上也是有先例的，比如意识流等也形成了一种文学流派。

答：对，像普鲁斯特、乔伊斯，都是高度个人化的封闭的写作。不但人是封闭的，内心也是封闭的。他们沉浸在对往事的追忆和个人的细微感受中不能自拔，但他们写出了被誉为伟大的作品。中国文学的传统，是要有广阔的历史画面，深深的忧患意识，有人的痛苦和命运感，这在现在反而成为一种"控"。现在作家拿起笔来就设置一个百年历史、几大家族,也很可怕。

现在值得我们思索的是能不能从"历史控"、"宏大叙事控"中解脱出来,进入这种个人叙事——可是后来我自己还是回到"历史控"里去了。所以我觉得,文学没有"真理",没有过时之说,也许现在被否定的价值和写法,十年之后再写,又成为一种创新,又会引发新的热潮。

(原载 2011 年 9 月 5 日《人民政协报》)

我们的荆轲,以何种面容出现
——答《艺术评论》副主编唐凌问

问:作为著名作家,是什么机缘促使您创作话剧《我们的荆轲》,并形成剧本的基本想法和立意?

答:八年前,空军话剧团想以荆轲刺秦为题材创作一部话剧,在酝酿的过程中,我逐渐产生了一个非常奇妙的想法:既然演员演戏要不断地排练,荆轲刺秦是不是也要不断地排练,不断地演习呢?所以,刺杀是一场秀,一场需不断排演的刺杀秀。

问:生发点是演练?

答:对,一想到演练我马上有了思路,这可能与我当兵多年有关。随后一个星期我就写出了初稿,他们看了以后很震惊,基本没改。种种原因,到了去年,任鸣导演跟张和平院长协商要排这个戏,张院长很重视,组织了多次讨论,最后决定排演。我与他们座谈过两次,聆听了他们的意见,剧本改过了两稿,而且改了很长的时间。

问：也就是说,现在的版本与之前的版本相比较做了很大的调整,有哪些是新增加的?

答：区别很大,主要是在立意上,这次是有升华的。修改这部戏的过程,实际上很难推进,因为当初写成后,我觉得已经是千锤百炼、字斟句酌了。后来终于找到了一个切入点,让荆轲追求一种完美的、理想的人之境界,易水壮别时加了一段"高人论",表达觉悟了但骑虎难下的荆轲对人生最高境界的向往。这一稿出来后,人艺上上下下,还是不甚满意,主演王斑对我说他感到还不过瘾。接下来修改的时候,就想到了荆轲就是我,我就是荆轲,自己跟荆轲融为一体。后来就又加了一场荆轲跟燕姬的对手戏,这场戏我就把荆轲当成了我自己,把自己对历史、对人生的思索、思考融合到这个情景里去,出来了后来的一句话:"我就是荆轲。"原来是"我们的荆轲",到后来变成了"我就是荆轲"。

荆轲这个人物在旧版本中是没有成长的,基本是在搞笑的层面往前推进,变成了一场刺杀秀,就是要成名。而现在的版本,我想第一个就是把荆轲这个人物升华了,荆轲意识到自己的行为没有意义,也意识到人的一些最基本的问题:人活着不仅仅是为成名,到底为什么要刺秦?最后升华成人为什么要活着的思考和对自我的拷问。荆轲由一个平面人物变成了一个在成长过程当中不断提升的人物,由原来带着几分搞笑色彩的、跟一般侠客一样的侠客,变成了一个思考人类最基本生存问题的侠客,变成了一个自我拷问的人物,我想这个思想性比原来要强多了。

问:包括您的另一部话剧《霸王别姬》在内,这些著名的历史人物经过成百上千年的沉淀以后,在人们的记忆和情感中都已经有了非常稳定的形象。那么,《我们的荆轲》,您想给予我们的是一个什么样的荆轲?这是我特别想知道的,这其实也是这部作品的争议所在。

答:历史题材如何写是一个老问题,上世纪六十年代从郭沫若、田汉他们写历史题材时就开始了讨论。历史题材的戏怎么写?是原封不动地再现一个历史故事?还是对历史故事进行新的解读?我想处理历史题材必须要旧瓶装新酒,用历史故事之瓶装进当代人对历史的一些思考之酒。郭沫若的历史剧,田汉的历史剧,实际上都是如此。我们现在所看到的历史都是后人写的,只不过是这个后人比我们更早一点而已,他们已经把自己对历史人物的理解、对历史事件的看法融合进去了,是主观的历史,而不是客观的历史。所谓的忠实于历史,本身就是一个伪命题。

问:历史的真相已不可得了。

答:不可再现。像美国的"9·11"才过几年,许多新的说法已经出现了。再过几年,肯定还会有新的版本出现。现在的记录都是用最现代的手段,录像、录音这样的手段,比过去记录历史的手段要先进得多、准确得多,但是依然会有很多的看法,很多的层面,很多被遮蔽的、被重新发现的东西,何况是几千年前的一段历史。因此我想写历史剧、写历史题材的戏、电影、小说,必然地也无法避免地将作家个人的看法融合进去。当获得了这样一种认识以后,创作的自由度就会大大提高。荆轲刺秦作为一个非常著名的历史故事,电影、小说、戏曲都有了很多的版本,在二十一世纪的当下,我们把这么一个老故事拿出来,重新把它写成戏并搬上舞台,我们到底要给观众什么?或者说我们靠什么吸引观众?我在写的时候也想了很多,一定要让它跟当下产生一种密切的联系。我们要通过舞台上演员的表演和剧情的发展,让观众联想到当下的社会现实。台上的人物的情感不断地往前发展、推进、变化,台下的观众也能联想到自己的生活,引发情感共鸣。台上的剧情引发观众自己对所处环境、对自身的思索。只要能达到这样的效果,这部戏就有意义,也只有达到这种效果,这部戏才有意义。

问:对于我们已经熟知的荆轲,您赋予了他新的动机。

答:首先,我把荆轲从一个传奇人物还原为一个俗人、平常人,一个跟我们一样的人,处在一个这样或那样的生活圈里面,一样想成名。荆轲处在当时那个时期的侠坛的小圈子里,这个小圈子里有种种的利益纠葛,成名、成家、钩心斗角等等,我就想让我们的观众看到荆轲的环境,联想到自己的环境。

荆轲在老百姓的心目当中是一个非常高大的英雄人物,为了正义,为了千秋大业去刺杀一个当时最不可能被刺杀的帝王。这里面就有很多的戏可以演绎。荆轲到底为什么刺秦？过往有很多的研究，我自己也研究了大量的资料，实际上所有的理由都难以成立。侠客这个行当的最高准则到底是什么？是追求真理与正义吗？过去我们一直认为是这样的。但当你研读了司马迁的《刺客列传》之后，你就发现这些都是不成立的。没有真理，也没有正义，因为他刺杀的人和指使他行刺的人，实际上都是为了争名夺利、争权夺势。所以，侠客只是一个工具，一个职业，远没有想象的崇高，即使是最高的也顶多停留在侠义这个层面上，而没有真正涉及社会、真理、人民。侠客的很多高大形象是我们当代人赋予的、塑造的。所以，研究了这些以后，我觉得把荆轲还原为俗人、平常人，还原为一个要成名成家的侠客，应该是符合历史真实的，当然是我认为的历史真实。

问：您有听到对这部剧的不同意见吗？

答：有一些朋友给我发短信，他们都是说好的。我也听到了一些反面的意见，媒体上也看到了一些批评的文章，这个很正常。一部话剧，跟任何一部艺术作品一样，有争议才好。一部艺术作品，如果大家异口同声都说好，那这个"好"是很值得怀疑的；有人认为很好，有人认为很差，这是让人振奋的。说明这部戏，有一些超越了一般作品的地方，这才会引发两种截然相反的对抗性的看法。这种争论我觉得就是一部作品能够继续地往前走的价值所在。

问：能够想象，《我们的荆轲》必然会引发争议，最核心的一点，就是说我们怎样去面对历史和历史中的人。春秋和先秦时期，是中国传统文化建构的一个特别重要的时期，很多思想的资源、传统的价值观是在那个时期形成的，这部剧对荆轲的理解会触及和打破一些东西，打碎一些业已形成的精神性的东西，这是不是也是很可惜的地方？

答：这可能是这部戏的争议所在和需要调整的地方吧，我们会在演出的过程中对其进行一定的改进。我当年就曾说过，在某种意义上，刺客就是当年的恐怖分子，当年的刺客，这些被我们所歌颂的所谓的大仁大义大勇的英雄是值得怀疑的。受人恩惠，为人报仇，跟黑社会差不多。它实际上与当代的法制社会相悖，是落后的道德观。暗杀，不管出于什么目的，都有点小人气，算不上光明正大。一个堂堂正正的国家或者团体，是不屑于用这样的手段来解决问题的。

问：您对刺客表示了一种怀疑和否定。

答：是否定的，社会法律不健全的时候，侠客确实发挥了一种调节的作用。我们看了很多侠义小说，我们看到好多贪官受到了大侠的惩治，因为有侠客，很多冤案得到了昭雪，这就是过去武侠小说的最高境界。它实际上在补充法律的不健全，弥补法律的漏洞，有时候它也跟官府配合。荆轲连这一步都没做到，他就是为了杀而杀，为了义气而杀，被人雇佣而杀。所以这种侠义文化是早就该被批判和扬弃的。

问：对此我有不同的看法，所有的人物都是需要放在他所处的历史背景中来看待的，如果用我们现代社会的架构来分析和要求他，当然是不太相容，放不进来的。

答：当然，分析历史人物不能脱离人物所处的历史环境。但我们看到人物行为的合理性的同时，也必须看到他们的行为与现代社会的悖谬。我们必须把自己的思考表现出来。

问：就您的两部戏剧作品与小说相比较，我感到您的小说更多来自您生命的本身，来自童年的记忆以及多年的人生体验和感悟，对故乡的深沉的情感，这些都很自然地流淌出来。但这两部戏剧作品与您的小说相比，似乎刻意的成分更多一些。之所以说有些刻意，可能首先跟它们是命题作文有关，另一个原因我想是不是当您面对一个已经被熟知和认定的历史人物时，您实际上会试图特意赋予他一种新的东西。

答：小说是从我心里面自己生长出来的。我的小说，尤其是早期的小说，都有个人的经历、个人的亲身体验在里面，所以这样一种写作肯定是与自我密切相关的，有的时候不是我要让人物怎么样，而是人物让我怎么写；有时候不是我在替人物说话，而是人物自己要这样说。而这两部戏剧都已经有一个现成的历史故事在那儿摆着，你面对的对手不仅仅是这个历史事件和历史人物本身，还有后人们创作出来的相关艺术作品，电影、戏曲、小说，你如果写得跟人家一样那就没有意义了。你要跟人家不一样，就要另辟蹊径、重新解构，赋予一个烂熟的故事一种新意，这种难度非常大。所以接受了这种命题作文就是一种挑战，就是要跟人家写得不一样，要表现自己的个性，要表现自己的思想。

　　最便利的方式就是把自己的思考放进去。要把自己设身处地地当成一个历史中的人物，最后也就是说写项羽也变成了写我，写荆轲也变成了写我。当然我期望能够达到最好的效果，就是很多观众也从这些台上的历史人物身上看到了他们自己，就是我们的项羽、我们的吕雉、我们的虞姬、我们的荆轲、我们的燕姬。这就要求一个作家，他的自我跟这个时代、跟大多数的人具有很多的共性。这样作家塑造人物，把人物当自我来写，也能获得一种共性；作家自身的这种情感方式、情感经历，他的社会经验，对问题的看法，能够跟大多数观众共鸣。这是一种可遇而不可求的境界。如果他自身很多观念已经被历史所淘汰，他对很多历史问题、现实问题的看法早已经变成了陈旧的东西，要引起观众的共鸣是不可能的。

　　问：观剧之后，我想起奥地利作家茨威格的传记《一个政治性人物的肖像》，法国大革命时期的富歇比他同时代所有最强有力的大人物都生存得更长久，比如拿破仑、罗伯斯庇尔等，为什么？作家洞察此人的本质：他一生从未背叛过一样东西，那就是背叛。这是一个背叛的化身！

作家以史为鉴,笔触摹写了人物灵魂的每一个皱纹、每一个犄角,展露了一种政治观点朝秦暮楚、政治倾向见风使舵的权术家,并敏锐地指出了这样一类人物在历史中的极端危险性。出于对人性的深刻洞悉,作家写出了人类的一个精神族群,这是非常了不起的。在两次世界大战之间,茨威格的这部作品,对当时的欧洲是很有警醒作用的,即使在今天,在世界各地仍然有着强大的现实意义。

所以当重新书写历史人物时,我不会仅仅满足于写出了人物众多可能性中的一种,而是希望看到最本质的东西。写荆轲成名动机未尝不可,但那只是其众多可能性中的一种。名利的追逐是人类最为基本的生存动机之一,特别是对名的追求,其实也是人对于不朽以及生命延续的冲动,这是人的行为的一种最根本的动机。如果说荆轲可以这样理解,那么其他的刺客同样可以这样理解,许许多多的人物都可以这样理解,这是否还并不构成或者不足以构成荆轲最根本的本质?也就是说,荆轲何以成为荆轲?

答:你讲的非常有启发,不过我觉得这跟选题有关系,如果选择了富歇的话,我也许也会这样写,但是选择了荆轲,难度太大了。我塑造的这样一个荆轲,有些观众是很不以为然的,我们"风萧萧兮易水寒"的那个悲壮的荆轲哪里去了?我们的这种历史上的大仁大义的人物哪里去了?我很理解这种感受,因为荆轲在他们脑子里已经有了固定的形象。我相信这些观众都是一些很传统的老观众,年轻人可能一般不会去这样质疑,年轻人可能能更多地理解我的这种创作本意。

你说的富歇的最本质的东西,我理解就是富歇个性的支点,那就是极端的自私。人都自私,但他是极端的自私。荆轲的性格特点是什么?很复杂,但最重要的特征是他的软弱。你可能会问,他杀人不眨眼,怎么还会软弱?这其实正是他软弱的表现。他被燕姬升华了,但他没有勇气跟旧我彻底决裂。他完全可以听从燕姬的暗示,去过一种男耕女织的凡人生活,但他无法面对身后的骂名。我们每个人都有这样的处境,我们知道路在何方,但我们不敢去走。

问:可不可以说您是以很年轻的心态,更开放地来面对古人和历史?

答:我想这个戏的灵魂是很年轻的,我觉得会被年轻人接受,当时我也没有想要为年轻人写戏。应该是一不小心写了一部年轻的戏。

问：您说到在您的心中就藏着一个荆轲,从这个意义上来说,我感到您的特别的坦率和真诚。作为当代著名作家,当外界给予您很多光环的时候,您还是会特别真诚地说,其实我最初的时候也就是从基本的名利出发,对此您毫不讳言。或者说,剧中对于荆轲的成名动机的解读,其实有一种您自我的投射,并且是一种真诚的自省在里面。

答：对的,因为在八十年代,我刚刚学习写作,想登上文坛的时候,跟荆轲、高渐离、秦舞阳这些人是差不多的,我们一帮文学青年在一起所议论的跟他们在一起时议论的也十分相似。没什么可讳言的。

问：听您如此率真的表述,我非常感动。通过《我们的荆轲》,我完全能够联系到当下的现实,但是当带有悲剧美和崇高美的荆轲被还原为一个普通人,甚至更低一些的时候,我们获得了一个批判的现实,但同时我们的批判也失去了支点,就是还需要得到一种建构。

答：我所塑造的荆轲应该是慢慢地升华到一个境界,

尽管燕姬一直在点他是借刺杀博得大名,但他内心里实际上已把名利否定和放弃了,他最后呼唤高人,实际上就是呼唤一种人生的终极价值。

问：也就是追问人生的意义。

答：实际上在追问高人、理想的人、完美的人到底应该是什么样,当然是没有答案,他只是感觉到应该有一种更高的人生境界,他觉悟到肯定有一种更理想的人生状态在前面向他召唤。我不知道什么是更好的生活,但是我知道我的生活是不好的。

问：这个追问本身具有价值。

答：我们也可以面对现实,我们每个人都对自己的状况有所不满,我们也对这个社会有所抨击、有所不满,有的人认为自己活得窝囊,有的人认为自己活得很累,有的人觉得自己活得没有意思,那么这个不满本身就包含了一种对有意思的,对这种高尚的,对一种正当的更理想的生活的想望。这种东西在哪里？我觉得不可能有一个统一的答案。我想最理想的社会还是让每一个人都感觉到自己活得很有趣的、很有意义的一种社会。每个人都感觉到自己幸福、感觉到自己很满足、感觉到自己的价值得到了承认和实现,我想这也是马克思他们当年探讨人的终极价值的一个最终的答案。共产主义社会实际上也是这样,让每个人都能最大限度地发挥自己的才华、实现自己的价值,不被一个所谓的职业困住。当然这只是一种理想的东西,所以荆轲自然没有给观众提供一种最理想的做人的范本,也没有给人们提供一种所谓什么叫作真正的高人的模式。但是他提出了这个,发出了这样的呼唤。

我写小说的时候也经常想,我们要在这个现实的生活当中发现一些新思想的苗头,我们要看到这种所谓的新人。小说、话剧实际上都是在塑造人物,我们都是在发现一些旧人,我们看一些历史上的人,看一些生活当中我们熟悉的人,但是我们实际上最终还是要寻找一种新人,就是什么是最好的人。每个人都有自己不同的理解。现在我想我们的农民工应该是一群新人,这里边是不是代表了一种超越旧人的东西?有没有可能从众多的农民工形象里面发现一种新人的形象?当然我也看到了一些报道,有的农民工通过自己的艰苦奋斗变成了城里人,有了房子,有了车,这都是一些事业上的成功。但是在思想价值上、在思想意义上呢？有没有出现一种新的超越了我们所有过去时代的人物形象？他代表了一种更完美的境界。

问：我看您的很多作品，包括这两部话剧，有一个强烈的印象，就是女性在里边都很强悍。拿燕姬来说，作为一个女性形象，您赋予她很强悍的内心，在剧中她像礼物或是弃物一样辗转于几个人的手中，但她的想法，她对荆轲说的那些话，实际上是在张扬自我的存在和自主的选择，您赋予这个女性的东西很重，她的力量甚至超过荆轲。

答：我是一个女性崇拜者。我的小说里边很多女性也是这样，大部分小说里边都是女人在操控一切，女人在指挥，男性搞乱的场面最后都由女性来收拾。

问：您对您的两部戏剧作品评价如何，您满意吗？您觉得好吗？

答：我觉得八十分。

问：两个都是八十分，哪个好一点？

答：《荆轲》更精彩一点。

问：您对戏剧很有兴趣？

答：我还是很喜欢的,现在正构思一部新的话剧。希望下一次再写一部话剧,能够更有意思一点。不写历史题材了,历史题材太难,写一部当代现实题材的。

问：当代的题材大家都认为更难把握和写好。

答：更难把握,更有挑战性,一定要尖锐,一定要跟当下生活密切相关的。

（原载《艺术评论》2011年第10期）

历史不过是些钉子
——答《新闻周刊》记者杨瑞春问

本月,北京人艺小剧场上演的话剧《霸王别姬》每天都观众爆满。编剧莫言强调,这部历史剧与现代生活息息相关。

"这是一部让女人思索自己该做一个什么样子的女人的历史剧;这是一部让男人思索自己该做一个什么样子的男人的历史剧。"他说。

小剧场里的"另类"

问:关于"霸王别姬",关于楚汉战争,中国人已经是熟得不能再熟了,对于很多艺术家来说,前人已经把它做到某个艺术高峰的题材,是不会轻易去碰的,为什么你却再次惊动它,并且是用你原来并不熟悉的话剧形式?

答:楚汉战争在老百姓心目中是辉煌的、富有戏剧性和传奇性的,每一个人心目中可能都有自己的项羽、刘邦、虞姬和吕雉,他们是中国历史上真正的大风流人物。这么一段历史搬上话剧舞台是很有意思的。在我们的视野里,这段历史在戏曲和电影里面都有所表现,却还没有被大张旗鼓地在话剧舞台上表现过。

许多历久常新的经典,其中的故事已经陈旧,但陈旧故事中所包含的多样性的意义和人类至今难以解决的普遍性的矛盾,使得古老的经典能够不断地放射出灿烂的光辉。这是思想的光辉而不是故事的光辉。

问:你的语言是古典的、唯美的,有点莎士比亚式的诗剧风格,在小剧场话剧里面,这样的东西很少。也许正因为你的手法不够先锋,反而成了小剧场话剧里的"另类"了。

答:我实际上对话剧了解很少,在写作的时候,是故事选择了这种语言风格,而不是我有意识地在追求。

我认为小剧场话剧和传统、古典戏剧的重要区别是前者是没有人物的,先锋戏剧探索的主要是形式,演员就是道具，没有多少性格；而传统戏剧要人物性格，要塑造典型形象。我想，看一场小剧场话剧很难把人看得热泪盈眶，与剧中人物同呼吸、共命运，产生灵魂深处的共鸣；而传统话剧可能会让台上台下命运交融在一起，可以为之恨、为之爱。所以我们希望在小剧场里面，把一个大题材，用古典、传统、浪漫的手法表现出来，不管好坏，肯定会与过去观众心目中的小剧场话剧形成鲜明的比较和对照。现在的反响证明了这一点。

问：看起来你对先锋话剧并没有什么好感。

答：我对先锋话剧看得比较少，接受起来也有一些问题，我觉得先锋话剧对于我来说永远是无法开口、难以置评的状态，对于让人眼花缭乱的形式、匪夷所思的道具、莫名其妙的台词，我不知道该说好还是不好，也许这也正是先锋话剧，特别是小剧场先锋话剧所追求的。

历史不过是些钉子

问：你的《霸王别姬》可以说是这个历史事件的一个全新解释，比如说，对于吕雉的诠释是具有颠覆性的，戏里面的吕雉甚至可以说是一个敢爱敢恨的光辉女人形象。这和史书中,和很多人心目中的吕雉完全不同。而有些情节之大胆也匪夷所思,比如虞姬去探望吕雉,并且发生了一场关于爱情和男人的辩论。你为什么会做这样的想象?

答:写的时候我们想既要有一定的历史根据,又不要受到历史的束缚。以前有人说《史记》"三分文,七分史",我想可能是颠倒了,我认为《史记》是一部传奇性的文学作品,用了很多小说家的笔法,加入了司马迁大量的个人感情色彩和大量的想象。话剧《霸王别姬》更可以在司马迁虚构的基础上,在历史书提供的这一点可怜的材料上,大胆展开我们想象的翅膀。史书上说,吕雉作为人质被扣押在项羽军营里好几年,那么我让虞姬去探望吕雉,并进行唇枪舌剑、针锋相对的辩论,还让虞姬动员吕雉代替她的位置,去辅佐霸王,这些在史书上没有记载,但也不是没有可能,你也找不到依据去把它推翻。我觉得到了二十一世纪,没有必要再去为历史剧的真伪问题争论,这是五六十年代郭沫若他们争论的问题。今天,我们应当把历史当作我们的素材,把历史当作表达我们思想的材料——历史事件不过是悬挂我们思想和故事的一些钉子。在基本人物、基本时间、基本事件的基础上，就可以大胆虚构了。

说到吕雉，作品中的形象和人们心目中的吕雉形象是大不一样的。吕雉在中国历史上是著名的残暴人物，比如她把刘邦的妃子砍掉了手脚，挖掉了眼睛，放到茅厕里去，韩信等刘邦的大将也是在吕雉的一手操纵下除掉的。但我们没有涉及这一段历史，而是关注她在楚营里被扣押的那段历史。那时她的心情和她后来当了皇后应该是不一样的。

问：说是霸王别姬，但我感觉你却是从女人的角度来切入这段历史的，两个女人的戏非常精彩，这是两个你中有我、我中有你，但又分别性格鲜明的女性形象。

答：因为我觉得写战争最好是从侧面来写，可能更有意思。刘邦和项羽是一对刀枪相见的对手，反过来他们两个的女人是不是也可以成为这样的对手？通过这两个女人，我们想反映出两个男人，她们的对话、辩论、矛盾，是围绕着两个男人进行的。

问：我倒不同意你说的两个女人是为了反映两个男

人,其实这出戏看来倒像是就为这两个女人写的,而项羽和那个始终没有出现的刘邦反而成为她们故事的背景。

答:这是创作中经常出现的现象。我们的原意是要写男人,但女人的光辉把他们淹没了。

问: 两个女人中你更欣赏谁?

答:吕雉。其实写的时候我是把虞姬作为第一女主角来写的,但当我看完彩排之后,我发现第一女主角换位给吕雉了,这也是创作中经常出现的:你本来想写一个配角,但配角把主角的光辉给淹没了。包括男配角范增的光辉也把项羽给淹没了。

问: 你觉得这种换位完全是由演员实现的吗?

答:我觉得剧本已经提供了这种基础。在塑造主角时,我们往往去追求他的完美,而完美的人实际上是不可爱的。配角大多是有弱点和缺点的,但往往因此也被赋予了一种生命力。当然,演吕雉的肖雄和演范增的白志迪对他们的演绎是非常出色的,他们的舞台经验相对来说比演虞姬的侯继林和演项羽的吴京安要丰富。

但是这恰好也形成一种效果,侯继林在表演上的稚嫩和虞姬这个形象的肤浅、幼稚很相称,如果她的表演也和肖雄一样有城府的话,可能也很麻烦。反过来,吴京安这种比较外在、比较张狂的表演与项羽没有城府、儿童化的性格也是相对应的。所以我觉得这个戏选择演员选得也非常好,需要的恰好就有了。

光彩夺目的吕雉

问:在项羽身上是不是寄寓了一些你个人的情感?

答:我曾经在八十年代末为张艺谋写一个剧本,叫《英雄·美人·骏马》,这个剧本虽然后来没成,但是我因此查阅了大量有关楚汉战争的正史、野史、民间传说,慢慢脑子里面就有了一个项羽的形象。这个形象和京剧舞台上的形象完全不一样,他是一个很不成熟的、力大无穷的、很正直的青年,当然,这与我个人性格中的顽童天性肯定也有一种默契。一个哲学家应该很深刻、深沉,而一个作家则应当有童趣,甚至有一种恶作剧似的心态,否则他可能很难保持一种旺盛的创作力,一直能写出新鲜活泼的、有生命力的作品来。

问：项羽可以说是一个至情至性的男人，他的行为甚至可以说是荒诞的，比如在他即将抓住刘邦的时候，竟然因为虞姬思念，让他速速回营，他就真的回来了，给自己留下了无穷的后患。

答：对项羽这种人的态度其实我们是很骑墙的，从文学角度我们往往很欣赏这样的人，为了女人、爱情可以不顾帝业、江山；但是从现实的角度来看，又觉得他败得毫无道理，用男权思想来分析他的话，可以说他是一个没有出息、没有价值的男人。所以，应该欣赏什么样的男人？鱼与熊掌是否可以兼得？这种矛盾在当时困扰着虞姬和吕雉，也一样困扰着现代女性。当然，我们希望今天既儿女情长又事业有成的男性越来越多。

我由此还有一个怪论：某些贪官，他在一方面贪污腐化，让人有切齿之恨；另外一方面，其实所有的贪官都不是政治家，都是不成熟的，他们有时竟然会为了一个女人丢掉了自己的荣誉甚至脑袋，实在代价太大。反过来，从某种意义上讲，他们可能也是情感很丰富的人。

问：如果你是霸王，你会选择哪个女性？

答：你不能把我说成霸王。我刚才说了，作为一个男人，我可能会选择吕雉。

问：当然，吕雉作为一个艺术形象是有血有肉、光彩照人的，但如果你就在那个戏中呢？

答：我还是选择吕雉吧。因为剧中吕雉的感情比虞姬要深沉得多，她对爱的追求是有质量、有重量的。虞姬的爱情当然也很感人，但是是一种小儿女情长，是一种不成熟的爱情。成熟的男人对这种深沉的爱情应当是非常向往的。吕雉对项羽的爱其实有一种母爱的成分，而项羽在肉体上是"力拔山兮气盖世"，但在精神上是个从来没有长大的孩童，他其实除了男女夫妻之爱，还需要这一种母爱。

问：但在剧中，项羽对吕雉的爱情丝毫没有动心，甚至她跪在他脚下倾诉的时候，他都没有一点表示。

答：当我看完第一场，我就意识到这是个缺憾。当我作为一个观众，忘掉自己的编剧身份的时候，我被吕雉这种倾吐出来的真挚的爱情深深打动了，而项羽这样一个内心其实很软弱的人居然没有反应，显得非常虚伪。其实，如果他真的被打动了，这个戏剧的矛盾会更加激烈，更加复杂,也让楚霸王这个人物形象丰富了。

戏剧未了情

问: 节目单上写着"莫言戏剧三部曲",是不是其他的两部都已经完成了?

答: 后面有一部是根据我的小说《拇指铐》改编的,我计划把它作成儿童哲理剧,希望是一个博士生看能有所收获、小学生看也能有所收获的戏,可以让他们坐在一起考虑同一个问题,得出或者一样或者不一样的答案。第三部有几个构思,可能是一部大戏,表现抗日根据地革命将领的爱情故事,也可能是一部都市讽刺喜剧。

问: 以后几年你会把主要精力放在戏剧上而不是小说上吗?

答: 那不可能,肯定还是小说上花的力气大。我最多就是完成后面两部戏剧就行了。更让我迷恋的还是小说。

问: 但是剧作可以直接在舞台上呈现出来,和观众面对面地交流,那也是很有成就感的。

答：作为一个剧作家看到自己的作品上演，和作为作家看到有人在买你的书，那种感觉是完全不同的。戏剧更加直接，是好是坏，立刻可以听到观众在你背后的议论。那种感觉非常美妙，也给我很大震动。我原来曾经想过，搞完这个话剧我不可能再搞话剧，但看过《霸王别姬》的两次彩排之后，我的观念发生了变化，我真的对话剧产生了一种兴趣。

我原来认为，舞台这个有限的空间会对剧作家的思想产生很大的束缚，而小说则可以非常自由、无边无际。现在我意识到，话剧舞台其实也是无限的，你也可以自由驰骋你的思想，你能想到什么，就能表现出来。从这个意义上讲，我会再搞下去。而我想，如果要搞，就不应当是以一个小说家来客串话剧的角色，我想我要争取做一个好的剧作家，写剧本时就要全力地投入，不能要求别人来原谅我剧本创作中的问题。

（原载《新闻周刊》2000年第26期）

《霸王别姬》只设矛盾,不给答案

小剧场话剧《霸王别姬》在北京已经公演了很多场,受到观众普遍关注,应观众的需求,《霸王别姬》又加演了十场,至12日结束。这出话剧由于剧本由当年写《红高粱家族》而享誉文坛的小说家莫言创作,所以得到了各界极大关注。并且,此剧导演在剧中运用了京剧韵白、地方方言、流行歌曲等表现形式,也引起了巨大争论。为此记者采访了莫言。

问:《霸王别姬》已经演了很多场,各界评价褒贬不一。那么您作为剧作者,认为以小剧场形式出现的《霸王别姬》演出实现了您对此剧的预先设想吗?

答:应该说没有完全实现。我最初没有想到会在小剧场演出,我设想的是在辉煌的大舞台上,通过舞美、灯光、服装来展现很华丽很古典很浪漫的东西。然而现在小剧场的形式可能更现代了。

问：我记得您最初谈及创作此剧，是"想搞成传统的有莎士比亚情调兼具古典美的作品"，是有意识追求浪漫主义、古典情怀和语言美感的，并且您说："这几年市井化、市民化、日常化渐成气候，但我认为这部戏不应该随波逐流。"但导演王向明则声称："毫不脸红地向大众文化学习，向大众审美趣味致以崇高的敬意。"您怎么看待这种分歧呢？

答：作为编剧，我只能说当我创作完作品之后，就不应该再去干涉导演和演员的创作了。但从我个人的审美理想来说，还是觉得应该按照最初的想法。最好让恋爱中的男女来看，可以多学几句爱情的甜言蜜语。而现在的这种处理特别跳，对整体风格有破坏。每当气氛营造出了一种古典的情怀并要达到情感升腾的境界时，就被导演用地方方言、流行歌曲或其他方式把观众的情绪给瓦解掉了。整出戏就是在不断的营造、瓦解、再营造、再瓦解中进行的。但也许按照我的那种想法，这出戏不会引起这么激烈的讨论，可能导演对当前的戏剧观众的心理比较了解，刻意用这种手法来活跃气氛、调动观众，达到一种杂交的乐趣。

(原载 2001 年 1 月 9 日《北京晚报》)

图书在版编目(CIP)数据

我们的荆轲/莫言著.—杭州：浙江文艺出版社,2017.11
(莫言作品全编)
ISBN 978-7-5339-5042-2

Ⅰ.①我… Ⅱ.①莫… Ⅲ.①话剧剧本-作品集-中国-当代 Ⅳ.①I234

中国版本图书馆CIP数据核字(2017)第239720号

策划统筹	曹元勇
责任编辑	周　语
封面设计	一千遍工作室
责任印制	吴春娟

我们的荆轲
莫言　著

出版	浙江出版联合集团　浙江文艺出版社
地址	杭州市体育场路347号　邮编：310006
网址	www.zjwycbs.cn
经销	浙江省新华书店集团有限公司
印刷	杭州富春印务有限公司
开本	880毫米×1230毫米　1/32
字数	125千字
印张	8.25
插页	10
版次	2017年11月第1版　2017年11月第1次印刷
书号	ISBN 978-7-5339-5042-2
定价	38.00元

版权所有　侵权必究
(如有印、装质量问题，请寄承印单位调换)